BEYAZ ZAMBAKLAR ÜLKESİNDE

GRIGORIY PETROV

BEYAZ ZAMBAKLAR ÜLKESİNDE

Rusça aslından çeviren
Hazal Yalın

Remzi Kitabevi

BEYAZ ZAMBAKLAR ÜLKESİNDE / Grigoriy Petrov

Türkçesi: Hazal Yalın
Düzelti: Nesrin Arslan
Kapak: Ömer Erduran

ISBN 978-975-14-1860-9

BİRİNCİ BASIM: Haziran 2018
YEDİNCİ BASIM: Kasım 2019

Kitabın bu basımı 3000 adet yapılmıştır.

Remzi Kitabevi A.Ş., Akmerkez E3-14, 34337 Etiler-İstanbul
Sertifika No: 10705
Tel (212) 282 2080 Faks (212) 282 2090
www.remzi.com.tr post@remzi.com.tr

Baskı: Seçil Ofset, 100. Yıl Mah., Matbaacılar Sitesi
4. Cad. No: 77 Bağcılar-İstanbul
Sertifika No: 44903 / Tel (212) 629 0615

Cilt: Çifçi Mücellit, 100. Yıl Mah., Matbaacılar Sitesi
5. Cad. No: 24-25 Bağcılar-İstanbul
Tel (212) 629 4783

Grigoriy Petrov Kimdir?

Grigoriy Spiridonoviç Petrov, 26 Ocak 1866'da, Yamburg'da (bugünkü adı Kingisepp; Leningrad eyaletinde) doğdu. Petrov'u yakından tanıyan Maksim Gorki, onun çocukluğu hakkında şöyle yazacaktı: "Bir hancının ya da büfecinin oğlu, çocukluğunda küfürden başka bir şey işitmedi, sarhoşlardan başka kimseyle karşılaşmadı."(1)

Petrov, liseye başladıktan sonra Petersburg'a taşındı, burada ilahiyat lisesine yazıldı, 1891'de de ilahiyat akademisini bitirdi. Petersburg'un önemli yerlerinde vaazlar ve halka açık konferanslar verdi ve bu sayede giderek saygın bir vaiz oldu. Bu yıllarda nüfuzlu maliye bakanı kont S. Y. Vitte, Petersburg Politeknik'teki bir vaazını dinledi ve etkilendi; bu, Petrov'un yüksek soylular arasında tanınmasına yol açtı. Kitapları da olağanüstü ilgi çekiyor, hatta kimi iddialara göre satış rakamları Tolstoy ve Gorki'nin kitaplarını aşıyordu. Gerek konuşmalarında, gerek yazılarında kilisenin yenilenmesi çağrıları yapıyordu ve, elinizdeki kitaptan sezeceğiniz gibi, kısmen Protestanlığa, kısmen de Tolstoy'un vaazlarına yaklaşıyordu; hatta kilisenin yenilenmesine yönelik (ve herkesin solcu saydığı) bir dini hareketin de liderlerindendi. Ne var ki, aynı nedenle, hem vaazlarında hem de makalelerinde ve broşürlerinde sık sık sansürle karşılaşacak-

---

(1) Anton Çehov'a 5 Mayıs 1899 tarihli mektup.

tı; aynı dönemde kiliseyle de bitmez tükenmez ilahiyat kavgalarına girişecekti. Bu kavgaların en sonuncusu, kilisenin devletle birliği ve bunun, devletin aldığı her tür şiddet tedbirinin dinen meşrulaştırılmasına hizmet etmesine karşı çıkması üzerine kopmuştu. Petrov burada doğrudan siyasetin alanına giriyor, kilisenin 1905-1907 devriminin bastırılmasını sessizlikle karşılamasını eleştiriyordu. Sonuç, 1908'de rahip unvanının elinden alınması oldu.

Petrov'un, döneminin entelektüelleriyle yakın ilişki kurmuş olduğuna da dikkat çekmeli. Yukarıda değindiğimiz gibi, daha erken bir dönemden itibaren Gorki bunlar arasındaydı. Ama ondan başka Vasiliy Rozanov, Vasiliy Nemiroviç-Dançenko ve daha pek çokları da ondan desteğini esirgemiyordu. Bu filozof ve edebiyatçılardan başka ünlü ressam İlya Yefimoviç Repin ile dostluğuna da değinmek gerek: Repin, Petrov'un bir portresini de yapmıştı.

Rahiplik unvanı elinden alındıktan sonra yedi yıl boyunca Moskova ve Petersburg'a girmesi yasaklandı. Bundan sonra sık sık Finlandiya'yı, Kırım'ı ziyaret etti; uzun yurtdışı seyahatlerine çıktı ve Vladivostok'a kadar giderek konferanslar verdi. Ancak devrime kadar gizli polisin takibinde kaldı. Rusya'da devlet arşivlerinde, Petrov ile ilgili istihbarat raporları içeren birkaç kalın klasör vardır.

Petrov'un özel hayatıyla ilgili çok fazla ayrıntı yoktur. Mariya Kapitonovna ile çok genç yaşta evlendiği biliniyor ancak rahiplik unvanı elinden alındıktan sonra eşler ayrı yaşamaya başladılar. Mariya, 1908'de Petersburg Kadınlar Tıp Akademisi'ni bitirdi ve Pavlov'un yardımcılarından biri oldu. Bu evlilikten doğan Boris, içsavaş sırasında Denikin'in beyaz ordularında çarpışırken öldü. Mariya ile ayrıldıktan sonra (ayrılık resmi değildi), kendisinden epeyce genç olan Zinaida İvanovna ile tanıştı ve birlikte yaşamaya başladılar. Bu evlilikten, 1919'da Kiev'de bir kızları oldu. 2002'de Münih'te öldü.

İçsavaş yıllarında kaderini beyazlara bağladı. *Petersburg İşçi ve Köylü Temsilcileri Sovyeti Haberleri* gazetesine göre, 1920'de güney cephesindeki beyazlara vaaz veriyordu. Bu yıllarla ilgili Marina'nın da bir iddiası var: Buna göre Lenin, Petrov'dan kilisenin yenilenmesinde görev almasını ister, ama o reddeder.

Güneyde içsavaşın sonuna doğru, bu sırada bulunduğu Kırım'dan ayrıldı, İstanbul'a gitti, buradan Çanakkale'deki göçmen kampına, oradan da Trieste'ye geçti. Burada, kitaplarını okumayan bazı Yugoslavlarla karşılaştı ve Yugoslav hükümetinin davetiyle Belgrad'a taşındı. Bu defa, Rusya'daki her şeyini, hem malını mülkünü, hem karısını ve kızını (onlar Estonya'da kalmışlardı ve Yugoslavya'ya ancak 1923'te gelebildiler), hem de okurlarını ve dinleyicilerini kaybetmiş olan Petrov, kendine yeni bir yol çizmeye girişti. Ancak Rus göçmenleriyle ilişkiden uzak durduğu da bilinir. Bunun nedeni, büyük olasılıkla, Yugoslavya'daki Rus göçmenlerinin monarşi yanlısı olmalarıydı.

Yugoslavya'daki son yıllarında, toplam 1500'ün üzerinde konferans verdiğini, bunlarda ilkin Rusça, Sırpçayı öğrendikten sonra da bu dilde konuşmaya başladığını, birçok defa Boşnak Müslüman kadınların karşısına çıktığına da değinmek gerek.

Beyaz Zambaklar Ülkesinde'nin, Bulgarca baskısından kısa süre önce rahatsızlandı. Tedavi için Fransa'ya, Maison de Sante Kliniği'ne gönderildi. 18 Haziran 1925'te, ameliyatının hemen arkasından öldü. Ölümü, Paris'teki göçmen gazetelerinde bile kendine fazla yer bulamamıştı ancak *Dernières Nouvelles* gazetesi, onun ünlü bir gazeteci, eski rahip olduğunu, son beş yıldır da Yugoslavya'da yaşadığını yazdı.

Beyaz Zambaklar Ülkesinde, ilk olarak 1923'te Sırpça olarak Yugoslavya'da "Hayatın Yaratıcıları" adıyla, 1925'te de Bulgarca, özgün adıyla yayınlandı. Anadilinde ise, 2004'te.

Kitabın tam metin halinde ortaya çıkması, ancak yakın bir dönemin ürünüdür. Bu esasen Finlandiyalı araştırmacı Pekka Kauppala'nın eseridir. Kauppala, eserin özgün el yazmalarını bulmaya çalışırken izler onu önce Yugoslavya'ya götürdü. Burada, bir kısım arşiv malzemelerinden başka, Petrov'un kızı Mariya Grigoryevna'yı da buldu. Mariya ölmeden önce, Kuappala ve Marina Vituhnovskaya kendisiyle bir dizi görüşme yaptı. Bu ikilinin özgün metin arayışları nihayet onları Bulgaristan'a kadar götürdü ve el yazmalarını ortaya çıkardılar. Böylelikle, kitap ilk defa 2004'te ve Rusça olarak, tam metin yayınlandı.

Beyaz Zambaklar Ülkesinde, bir ulus projesidir ve bu proje, Yugoslavya krallığında, ama özellikle de Bulgaristan ve Türkiye'de, önemli rol oynamıştır. Bugün, Petrov'un kitabını esas itibariyle kurguya dayanarak yazdığını biliyoruz; bu kitapta sözü edilen Finlandiya'nın uluslaşmasında öne çıkmış kişilerin hemen hiçbiri gerçekte yaşamamıştır, Snellman'a mal edilen sözler ve sözüm onun hayatından kesitlerin ise, aslında Snellman'la ilgisi yoktur; bunların hepsi, siyasi projesini desteklemek için Petrov tarafından üretilmiştir. Ancak bu, kitabın tarihi değerini düşürmez. Tam tersine, onu bir çeşit ütopya, ideal bir proje haline getirir ve oynadığı siyasi rol itibariyle, önemini arttırır.

H. Yalın

I

MENE, TEKEL, PERES

Bundan birkaç yıl önce[1], Moskova'daki İmparatorluk Bolşoy Tiyatrosu'nun duvarlarında beklenmedik şekilde geniş çatlaklar belirdi. Bu çatlaklar temelden çatıya kadar uzanıyordu ve dev yapı yıkıldığında tiyatroda ve onun yakınında bulunan insanlara zarar verme tehlikesi oluşmuştu. Bu çatlakların nedenini aramaya, temelin yanında birkaç yerde çukurlar kazmaya koyuldular ve şunu ortaya çıkardılar: Dev imparatorluk tiyatrosu, bu taş yapı, çürümeye yüz tutmuş ahşap temeller üzerinde duruyordu.

Yüzyıl önce, bu dev tiyatronun inşası sırasında toprağa büyük, kalın kazıklar çakılmış, bunların üzerine sıralar halinde geniş meşe kütükleri döşenmiş, onların üstüne de yüksek taş duvarlar örülmüş. O zamanlar böyle bir temel yeterince sağlam sayılıyormuş.

Ve tiyatro, yüzyıl boyunca ayakta kaldı, ama zaman da rolünü oynamıştı. Kalın kütükler çürümüş, duvarlarda gerilmeler artmış, çatlaklar ortaya çıkmıştı. İyice açılmıştı bu çatlaklar ve duvarların çökme tehlikesi başgöstermişti. Ne yapmak gerekti? Binayı yıkmak mı? Mühendisler, başka bir karar aldılar. Çürüyen kütüklerin yerine parça parça, adım adım büyük, granit

---

(1) Kitabın ilk yayınlanma tarihi 1923.

bloklar yerleştirmeye başladılar ve böylece bütün temeli değiştirdiler. Dev imparatorluk tiyatrosu, yeni, sağlam temeller üzerindeydi artık. Bugün de öylece, sapasağlam duruyor.

Devletlerin tarihi, ulusların hayatı da bize, Moskova'daki imparatorluk tiyatrosunun tarihini hatırlatıyor. Devlet kurumunun eski zamanlarda bir anlam taşıyan, ama günümüzde gücünü kaybetmiş bulunan harap temelleri, ulusların idaresinin eski biçimleri işlevsizleşirler. O bilge atasözü kendini duyurur: "Yeni zamanlarda yeni şarkılar gerek." İnsan nesilleri değişir. Yenilenir. Kendileriyle birlikte yeni kavrayışlar, yeni özlemler, yeni talepler getirirler. Artık bu yeni nesillere, zemini çoktan ortadan kalkmış idare biçimleri zorla dayatılamaz, devlet idaresinin yeni kuşakların hayatını esas alan bilge, adil ve sağlam bir temel inşa etmek zorunludur.

Bazı ülkelerde devlet aklı böyle işler. Ulus kitlelerini bilge ve adil yönetme biçimleri sakince, herhangi bir yıkıma neden olmadan ve zamanında uygulamaya sokulur. Ne var ki başka ülkelerde, ulusu idare etme yöntemlerinin ve ulusun eğitiminin devamlı surette ve tedricen iyileştirilmesi zorunluluğu ya anlaşılmaz, ya da anlaşılmak istenmez. Devletin inşa ettirdiği duvarlar bozulur, çatlaklar belirir, bu çatlaklar uzar ve açılır, ama kimse bunlara aldırış etmez. Eski, hatta kudretli devletlerin sadece bu çatlaklara neden olması değil, kendi yıkımına da yol açması hiç şaşırtıcı değildir. Eski İran yıkıldı. Eski Türkiye yıkıldı. Eski Avusturya yıkıldı. Nihayet, eski ve haşmetli Rusya, eski Almanya, Bismarck'ın ve Wilhelm'in Almanya'sı da yıkıldı.

İncil'de bir mesel vardır. Eski zamanlarda kudretli, ama zalim ve merhametsiz bir kralın sarayının duvarlarında ateşle yazılmış şu kelimeler belirmiş: Mene, Tekel, Peres.(1)

(1) Eski Ahid'e göre Nebukadnezar'ın soyundan gelen kral Belşazar, sara-

Bilge Danil, bu kelimelerin anlam ve mahiyetini açıklamıştı. Şöyle demişti: "Bu kelimeler ölümcül bir alâmettir. Bu kelimelerde eski devletin yaşama gücünü kaybettiği ve kaçınılmaz bir ölüme mahkûm olduğu söylenir."

Eski Roma'nın, Felipe'nin ve Alba dükünün yüce İspanya monarşisinin, 14 ve 15. Louis'nin Fransa monarşisinin acınası kaderleri, Romanovların Rusya'sının, Hohenzollern hanedanının Almanya'sının, Habsburgların Avusturya'sının trajedisi, bütün bunlar ateşle yazılmış tarihlerdir: Mene, Tekel, Peres. Alıklık etmeyin! Kurtçuklar gibi küçük, şahsi işleriniz ve kaygılarınızın derinlerinde debelenmeyin. Devletinizin temellerinin tahkim edilmesi üzerine düşünün. Ulusunuzun yeni, öngörülü ve yüksek bir eğitimden geçmesi üzerine.

Ne ki tarih, bazı devletlerin ve ulusların acınası kaderleri üzerine kuru hükümler yazdığı gibi, başka bazı devletlerde de öğretici örnekler verir bize, sosyal hayatın nasıl ve hangi araçlarla güçlendirildiğini, ulus kitlelerinin ise iki ayaklı hayvan sürülerine veya büyük, çalışkan karıncalara dönüşmesinler, ama ulu sanatçılar, akıllı ve mutlu bir hayatın yaratıcıları olsunlar diye nasıl eğitildiklerini gösterir.

---

yında şölen verirken, ateşle yazılmış bu kelimeler duvarda belirir. Kimse bu yazıları çözemez. Sonunda kral, danışmanlarının tavsiyesiyle Yahuda sürgünlerinden Danil'i çağırır.
Danil, kralı alçakgönüllülükten uzaklaşmakla suçlayıp yazıları okur ve şöyle açıklar. MENE: Tanrı senin krallığının günlerini saydı ve ona son verdi. TEKEL: Terazide tartıldın ve eksik bulundun. PERES: Krallığın ikiye bölünerek Medlerle Perslere verildi." (Dan.5:26-28) Danil o gece ülkenin üçüncü hâkimi ilan edilir, ne var ki Belşazar öldürülür ve aynı gece Medli Darius, krallığı ele geçirir.

II

KAHRAMANLAR VE KİTLELER

Bazı devletlerin yıkımları ya da derin sarsıntılarına dair üzüntü verici örnekler de, diğer ulusların hayatlarının müdrik ahenk ve düzeni de, sadece devlet aklıyla, bakanlar, krallar, ya da parlamentodaki vekillerle ilişkili değildir. Ulusun içinden çıkan insanla, her bir yurttaşla: kadınlar ve erkeklerle, yaşlılar ve gençlerle, şehirliler ve köylülerle, kafa emeğiyle ve mozoleye dönmüş elleriyle çalışanlarla da ilgilidir bunlar.

Ülkelerin gücü ya da güçsüzlüğü, ulusların yeşermesi ya da solması, **sadece** âdil idareden veya idarenin işe yaramazlığından kaynaklanmaz. İdareciler, ister iyi ister kötü, ister kahraman ister zalim olsunlar, daima **kendi uluslarının içinden** çıkarlar; ulusal ruhun kopyasıdırlar, kendi uluslarından doğarlar. Ulusları nasılsa, onlar da her zaman öyledirler. Bu yüzden çok uzun zaman önce, her ulusun hak ettiği iktidara ve idarecilere sahip olacağı söylenmiştir.

Ne yazık ki pek anlaşılmayan bu önemli hakikati geliştirmek ve kanıtlamak için, eski bir felsefi-tarihi tartışmayı hatırlatmamıza izin verin.

Soru şudur: Ulusların tarihini kim belirler? Devlet hayatlarının ve bütün insanlığın en önemli olaylarını kim harekete geçirir? Kim bunlara bir yön verir? Münhasır kişiler, yani münhasır büyük insanlar, İngiliz düşünür Thomas Carlyle'ın[1] dediği gibi kahramanlar mı? Yoksa bütün ulusun ortak özlemleri, çabaları, ulus kitlelerinin ruhsal coşkunluğu ya da atıllığı mı?

Carlyle, *Tarihte Kahramanlar ve Kahramanlık* adlı ilginç kitabında kahraman kültünü ve kültürünü vazeder. Burada, ulus kitlelerinin, eğer heykeltıraş bulunmazsa hareketsizce yatan cansız kil katmanlarından ibaret olduğunu söyler. Ama sonra bir sanatçı, büyük bir adam, bir kahraman (Sezar, Napolyon, Büyük Petro,[2] Sokrat, Muhammed) ortaya çıkar, bu kili eline alır ve ona şu veya bu biçimi verir. İnsanları, kitleleri istediği kalıba sokar.

Cengiz Han, Asya'nın steplerinde milyonlarca Moğol'u toplar ve Çin'i, Hindistan'ı, İran'ı, Eski Rus'u fetheder.

Petrus Ambianensis[3] bütün Katolik Avrupa'yı, Kudüs'ü Müslümanlardan kurtarmak için ayağa kaldırır. Luther, reformasyonu yaratır. Neron'lar ve Caligula'lar, eski Roma'yı yıkarlar. Bismarck'ın ve Hohenzollern'lerin siyaseti, Almanya'yı korkunç sarsıntılara sürükler.

Uzun sözün kısası, Carlyle'ın görüşüne göre bir ulusun, hatta bütün insanlığın tarihini güçlü iradelere sahip münhasır kişiler, dâhi insanlar, kahramanlar: Ramses'ler, Romulus'lar, Themistokles'ler,[4] Luther'ler, Bismarck'lar ve benzerleri yaparlar.

Lev Tolstoy ise aksini iddia eder. O, hayatı münhasır kim-

---

(1) Thomas Carlyle (1795-1881), İngiliz tarihçi ve filozof. Söz konusu kitap 1841'de yayınlanmış, 1908'de Rusçaya çevrilmişti.

(2) Çar I. Petro.

(3) Keşiş Pierre (Pierre l'Ermite) diye de bilinir (1050-1115); Haçlı seferlerinin ünlü Frank vaizi, Amiens'li.

(4) Themistokles (yaklaşık M.Ö. 524-459); Pers savaşları sırasında Atina'nın lideri.

selerin, Napolyon'ların değil, halk kitlelerinin yaptığını, yönlendirdiğini, bütün olaylara yön, nitelik ve tarz verdiğini düşünür.

Carlyle, ulus kitlelerinin öylece yatan ve belki de yanacak veya gübre olacak saman, kahramanların ise gökyüzünden düşüp onları tutuşturacak yıldırım olduklarını söyler.

Lev Tolstoy ise başka bir tablo sunar. Şöyle der:

–Denizde büyük mü büyük bir geminin yol aldığını düşünün. Gemi ilerlerken önündeki suyu yararak, onun köpüğü arkasından gider.

–Gemiyi arkasından bu köpüğün sürüklediğini söyleyecek kimse çıkabilir mi? Herkes bilir ki o köpüğü gemi kendisi **doğurur** ve onların arkasından gider. Burada hareket ettirici güç gemidir, köpük ise bir sonuç, ilerlemekte olan geminin gücünün yansıdığı bir tür biçimdir.

–Bir halk da öyledir, diye öğretir Tolstoy. Bir halkta hareket gücü doğup biriktiğinde, ancak o zaman ileriye doğru yönelir, harekete geçer ve önündeki köpüğü takip eder. Bizzat kendi içinden, kendisinin duygularını ve özlemlerini yansıtan bir önder çıkarır.[1]

Tolstoy, Carlyle'ın kahramanları yıldırımlarla karşılaştırdığını bilseydi, *Savaş ve Barış*'ın yazarı şöyle derdi: "Hakikaten büyük bir adamdır kahraman, bir yıldırımdır ama halk kitleleri ne kil tabakaları, ne de saman yığınları değildir. Onlar, yıldırımı yaratan bulutlardır. Bulutlar elektrik yüklenecek olurlarsa yıldırım çakar. Eğer bulutlarda elektrik yüklenmezse, yıldırım filan da olmaz... Bulutlar da yoğunlaşmış su buharı olarak kalırlar. Halk da öyledir: Eğer onun içinde yücelik ve kahramanlık ruhu yaşıyorsa, büyük insanları, kahramanları çıkarabilir. Eğer halk kit-

(1) Biraz bozularak, *Savaş ve Barış*'tan (Tolstoy) alıntılar.

leleri soğuk bir sisten ibaretse, hiçbir güç onların içinden yıldırımlar çıkaramaz."

İlk bakışta, tarihteki kahramanlar (tek tek kahramanlar ya da halk kitleleri) üzerine iki görüş, hiçbir şekilde uzlaşmaz gibi görünüyor. Bunların birbirleriyle çatıştığını veya Carlyle'ın ya da Lev Tolstoy'un haklı olduğunu düşünmek de mümkün.

Ne var ki Carlyle'ın ve Toltsoy'un görüşleri arasında ancak görünürde bir çelişki var. Carlyle ve Lev Tolstoy birbirleriyle çelişmiyor ama birbirlerini tamamlıyorlar. Burada "ya o, ya bu" değil, "hem o, hem bu" demek gerek.

Carlyle da haklı, Tolstoy da. İkisi de, sadece aynı paranın iki yüzü. Tek bir büyük hakikatin iki yarısı. Kahramanlar kitleleri ateşler, canlandırır ama kendi uluslarından aldıkları ateşle tutuştururlar onu.

Örneğin, bir büyüteci ele alalım. Bu camın yüzeyi özel bir şekilde pürüzsüz hale getirilmiştir ve bu sayede dağınık güneş ışınlarını tek bir noktaya toplar. Binlerce ve binlerce münhasır ışını tek bir noktada birleştirip yüksek ısıya neden olur. Bu parlak ışık noktası ağacı, taşı, demiri tutuşturabilir.

Ulusun içinden çıkan her bir büyük insan da, onu tutuşturan bir büyüteç gibidir. Ulusunun en iyi kuvvetlerini, bütün dehasını kendi kişiliğinde birleştirir ve böylece kendi insanlarından milyonlarcasını, başkalarının uluslarını tutuşturur. Ancak eğer gökyüzü bulutluysa, eğer atmosferde güneş ışını yoksa, hiçbir cam ne kar tanelerini eritebilir, ne de su damlalarını ısıtabilir.

İsviçre peynirleri, sadece dağ otlarıyla beslenen sığırların sütünden yapılır, Hollanda peynirleri ise zengin Hollanda otlaklarında yayılan sığırların sütünden. Bu peynirler, uluslarının layihasını taşırlar. Napolyon, barışsever Çin'de değil, ancak Fransa'da doğabilirdi. İngiltere Darwin'i, tabiatın temel kanununa dair öğretisiyle: Hayatta kalmak için mücadele etmek gerektiği öğretisiyle birlikte verdi. Kötülüğe karşı direnmemek gerektiğini vazeden Lev Tolstoy'u Rusya verdi. Başka türlü de olamazdı.

Her zaman ve her yerde de böyledir. Almanya'yı Dünya Savaşı'na II. Wilhelm itmedi ama Almanya'nın kaba, yırtıcı ruhu, kendi ifadesini Bismarck'ın, Wilhelm'in, Hindenburg'un ve Rohrbach'ın[1] suretinde buldu. Neron'lar, Caracalla'lar, Commodus'lar değildir eski Roma'yı yıkan, ama uzun talan savaşlarının neticesinde erdemini yitirmiş ahlaken düşük Roma ulusu, ancak ahlaken düşük tiranların ve cellatların iktidarlarını yerleştirebilirdi tepesine. Muhteris İspanya, Loyola'yı ve engizisyonu verdi; Almanya ise bir yandan Kant'ı verdi, diğer yandan Krupp'u.[2]

Her ulus, ya büyük insanları, ya da hiçbir önemi olmayanları, ulus kitlelerinin manevi durumuna bağlı olarak, iktidarın başına geçirir. Ulusta toplanmış değerli bir şeyler var mıdır? Yok mudur? Ulusun aklı, ulusun iradesi, ulusun vicdanı gelişmekte midir? Yoksa çürüyor ve zehirleniyor mu bunlar? Ya da acınası, utanç verici bir varlığa evrilip yitip gidiyor mu?

Burada yatan, biz hepimizin hayatının ve emeğinin niteliğiyle ilgili bir meseledir. Ülkemizde neyle meşgulüz? Ulusumuzun kaderinde **hangi** rolü oynuyoruz?

Güney ülkelerinde mercan adaları vardır. Mercanlar, kendine has taşımsı tortulardır. Minik polipler içlerinden, fark et-

(1) Paul Rohrbach (1869-1939); Alman tarihçi, ilahiyatçı ve coğrafyacı. Genellikle Alman emperyalizminin ilk ideologlarından biri olarak kabul edilir.

(2) Caracalla (186-217), 211-217 arasında Roma imparatoru. Commodus (161-192), 180-192 arasında Roma imparatoru. Loyola veya Ignacio de Loyola (1491-1556), cizvit tarikatının kurucusu.

tirmeden büyüyen küçücük parçacıklar çıkarırlar ve neticede örüntüler halinde, üzerinde insanların yaşayabileceği, kocaman mercan adaları meydana gelir. Öte yandan, bu ülkelerin sakinleri için gerçek bir afet olan küçük karıncalar da yaşar güney ülkelerinde. Koca koca evleri, mobilyaları yiyip tüketirler. İnsanları buralardan kaçırtırlar.

Peki bizim emeğimiz ne türden olacaktır ülkemizde; yaratıcı mı, yıkıcı mı?

Bir ülkenin refahının, devletin kudretinin ve ulusun erdeminin tek tek kimselerin, hükümetlerin iradesine değil, bizatihi yurttaşların iradesine bağlı olduğunun en iyi ve en çıplak örneği, belki de küçük, yoksul ve sadece iki milyon nüfuslu bir ülkedir.

Bu ülke, Avrupa'nın en kuzeyinde bulunur. Sert bir iklimi vardır: yağmurlar bitmek bilmez, sis hiç kalkmaz, don ancak baharın kalkar, bazen de ağustosta bile kış geldiği olur. Toprağı çoraktır: ya taşlık, granit, ya da alçak, bataklık vadiler. Neredeyse hiç yeraltı maden kaynağı yoktur. Toprak ancak çok büyük zorluklarla işlenir. Yurttaşları **hiçbir zaman** bağımsız bir devlette yaşamış değillerdir. Kimi zaman şu, kimi zaman bu komşu ulusun idaresi altında olmuşlardır.

Bu ülkenin adı Finlandiya'dır: Finlerin ülkesi; ne var ki Finler, bu soğuk ama yakıcı bir sevgi hissettikleri vatanlarına "Suomi" derler; Finceden çevrildiğinde "bataklık ülkesi" demektir.[3]

(3) Anlaşılan, bu biraz şüpheli. Petrov'un bu satırları yazdığı sırada genellikle Suomi'nin bir bileşik kelime olduğu düşünülüyormuş; buna göre "suo" bataklık, "maa" da ülke demekmiş. Ne var ki bu etimolojik yaklaşım artık pek güncel sayılmıyor.

III

"IKUINEN TAISTELU"
(Ebedi Mücadele)

Uzun yıllar, yazın ve kışın, baharın ve güzün, Finlandiya'nın birçok yerinde bulundum. Zengin ticaret şehirlerine de gittim, göller ve ormanlar arasında gizlenmiş kuş uçmaz köylere de. Finlerin hayatını her açıdan gördüm. Günlük çalışmalarını da gördüm, bayramlarını ve eğlencelerini de. Müziklerini, edebiyatlarını, resimlerini, tiyatrolarını, mimarilerini inceledim. Açıkça söyleyeyim; bütün bunlara hayran kaldım. Finlandiya'yı her ziyaret ettiğimde daha çok değer verdim ona, bu sessiz, kederli görünen, çalışkan, nüfusu az halka daha çok saygı duydum, onu daha çok sevdim.

Bir defasında Helsingfors'a gittiğimi ve orada, şehir tiyatrosunda üç perdelik "Ikuinen Taistelu" (Ebedi Mücadele) adlı dramanın sergilendiğini okuduğumu hatırlıyorum.

Afişte, oyunun kişileri de yazıyordu: Adem, Havva, Kabil, Habil, onların karıları, şeytan ve yüzlerce iblis. Yerime oturduğumda, itiraf edeyim ki, herhalde dindar-pastoral bir mevzu üzerine olan oyundan sıkılacağımı düşünüyordum. Ama tamamen farklı bir şey oldu. Derin felsefi anlamları olan, son derece uygar bir piyesti bu.

"Taistelu"nun Finlandiyalı yetenekli yazarı Linnankoski, güçlü ve özgün bir düşünürdü. Kabil'i mutat olduğu gibi yarı hayvan, kaba bir kötülük sembolü, iblis, kardeş katili olarak almamıştı oyununda.[1]

Linnankoski'nin oyununda Kabil, kendine has bir Promete idi: her tür zulme karşı ebedi bir protesto, ezici hakikate karşı eğilip bükülmeyen bir uzlaşmazlık. Kabil, hayatın bütün darbelerini sadece melercesine şikâyetlerle karşılayan ve başını bıçağın altına uysallıkla uzatan acınası bir koyun değildi, öyle olamazdı.

Kabil, büyük yaratıcı kuvvetler hissediyordu kendisinde, kendine inanıyordu ve insanın ve toprağın daha iyi bir geleceği için dünyanın bütün güçleriyle dövüşmeye hazırdı.

Yeryüzünü sarsarcasına gürlediğinde gök ve bütün gökyüzü yandığında yıldırımın parlaklığıyla, herkes korku içinde ve titreyerek diz çöküyordu. Bir tek Kabil, başını yukarı kaldırmış, dimdik duruyordu.

Habil'e, kız kardeşlerine, hatta annesiyle babasına kendinden emin olarak meydan okuyordu Kabil:

"Siz küçük, acınası kurtçuklarısınız toprağın, ancak sürünebilir, titreyebilir ve secde edebilirsiniz. Dehşetin çocuklarısınız siz ve dini ebedi bir korku, ebedi bir titreme, ebedi şikâyetler ve iniltiler, ebedi yakarışlar olarak anlıyorsunuz. Eğer gerçekten de bütün ruhunuzla Yaradan'ın çocukları olsaydınız, kendiniz yaratırdınız hayatı, büyürdünüz, yücelere yükselirdiniz ama secdeye kapanmazdınız böyle, başınızı toprağa koymazdınız."

Ve yakınlarının anlamadığı, onlardan korkan, korkutan Kabil ıstırap ve işkence çekiyordu; şüpheleriyle, talihsizlikleriyle, yüreğine yerleşmiş zaaflarıyla mücadele ediyordu. Ve cennetten

---

(1) Johannes Linnankoski (1869-1913), gerçek adı Vihtori Johan Peltonen. "Ebedi Mücadele" ilk defa 1903'te yayınlandı; ancak prömiyeri 1909'da, Helsingfors'daki Ulusal Tiyatro'da yapıldı.

atılmış, o aydınlık geçmişin hayalleriyle içini çekip dururken ev ahalisi, Kabil'in düşünceleri aydınlık gelecekle doluydu. Ateşe erişti ve bu keşfiyle bir çocuk kadar mutlu ve mesut oldu. Hop-

luyor, zıplıyor, şarkılar söylüyordu. Ateş için bir de türkü yaktı:

"Artık yalnız değilim. Artık benimlesin, sen, büyük kudret. Gecenin karanlığını aydınlatacaksın bize, keskin soğuğu uzaklaştıracaksın bizden, sert cevheri eriteceksin bizim için."

Ve Kabil, gözleri açıkken bile hayalini kuruyordu geleceğin. Kültürün, uygarlığın zaferi canlanıyordu gözlerinin önünde. Gururlu, vakur, güçlü ve boyun eğmezdi. Her şeye hazırdı. Doğanın bütün güçlerine meydan okuyordu. Hayatı, ebedi bir uygarlık kavgası olarak kabul ediyor ve anlıyordu. Doğanın yontulmamış güçleriyle, güçlü boralarla bir kavga.

Tanrının ve dinin korku ve kölece bir boyun eğmenin güçleri olarak mı, yoksa aydınlık yaratıcılığın güçleri olarak mı anlaşılacağı üzerine Habil'le ateşli tartışmalarından birinde, Kabil kendini kaybetti ve kardeşini öldürdü. Ve bu cinayetten kendi de dehşete kapıldı. Ama bu cinayet ona, uygarlık mücadelesinin hem iç, hem de dışa karşı çok yönlü olması gerektiğini gösteriyordu. Mücadele, ebediydi. İnsanın hem dışında, hem içindeki barbar karanlığın binlerce esintisine karşı, uygarlık ışığı için ebedi bir mücadele.

* * *

Linnankoski'nin *Ikuinen Taistelu* eserinde çizdiği bu Kabil imgesinin edebi değerlendirmesine girmenin ne yeri, ne de bu benim işim. Kabil'i insan uygarlığının ve ebedi uygarlık mücadelesinin babası olarak tasvir etmenin gerçeğe ne kadar uygun olduğu, bizim için şu anda tali bir mesele. Yansıttığı kişi Kabil değil de (tarihi ya da kurgusal) başka biri olabilecek olan bu piyesin ana fikri, önemli olan. İnsanın hiçbir şey karşısında asla yere kapanmaması, secdeye varmaması gerektiği, bu ana fikir. İnsan hayatının kesintisiz bir uygarlık yaratıcılığı, hem kendi içindeki hem de kendi dışındaki güçlere karşı ebedi bir mücadele olduğu.

Ikuinen Taistelu'nun bu ana fikri, tıpkı Johannes Linnankoski'nin kahramanı Kabil gibi, Finlandiyalıların hayatlarına ve hayat şartlarına dikkatle baktığınızda bilhassa anlaşılır olur. J. Linnankoski bu piyesinde doğruca Finlandiya'nın ruhunu yansıtmış. Yurdunda aydınlık geleceğin her bir ışık demeti için, yurdunda uygarlığın her bir tacı için en ağır bedelleri ödemeye hazır bir uygarlık mücadelesinin inatçı ruhu.

Finlandiya'nın küçük ve mütevazı bir sahil kasabası olan Âbo'da, şehri bir sur gibi çevreleyen çıplak granit bir kayalığın üzerinde yeni bir güzel sanatlar müzesi(1) var. Muhteşem bir mimariyi yansıtıyor bu bina; içinde olduğu gibi dışında da her bir çizgisi, her bir taşı, merdivenlerinin tırabzanları, pencerelerinin çerçeveleri dikkatleri üzerine çekiyor ve insanın bakışlarını okşuyor.

Müzede esas itibariyle Finlandiyalı sanatçıların eserleri toplanmıştır. Az miktardaki, ama sanatsal olarak değer taşıyan bu eserler, Finlandiya sanatının şüphe götürmeyen gücüne tanıklık eder. Resimler gibi heykeller de, Finlandiyalı sanatçıların işleme teknikleri ve derin iç dünyalarının yüksek niteliklerini gösterir. Burada, diğer heykellerin arasında, Wikström'ün(2) "Finlandi-

(1) Âbo (veya Turku) Finlandiya'nın güneybatı kıyısında bulunuyordu ve başkent 1812'de Helsingfors'a (Helsinki) taşınıncaya kadar ülkenin en önemli şehriydi. Âbo Şehir Müzesi ise 1904'te ulusal romantik tarzda, mimar Gustaf Nyström tarafından inşa edildi.

(2) Emil Wikström (1864-1942); sözü edilen eser Finlandiyalı fizikçi, şair ve filolog, Finlandiya ulusal kimliğinin ortaya çıkmasında büyük rol oynayan Elias Lönnrot'un (1802-1884) anısına yontulmuştu.

ya" adını taşıyan büyük heykeli öne çıkar. Eser, sıradan bir imgeyi esas almıştır: genç, güçlü, uzun boylu bir kadın; bir Fin kadını. Ama bu tür heykellerde nadiren görülen bir şekilde, sanatçı eserine birçok manevi fikir ve duygu da katmıştır.

"Finlandiya" figürü, derin mi derin ve ciddi, büyük ve engin bir fikirle dopdoludur. Sol eli açıktır. Diğer eli ise ağır düşüncelerden ötürü göğsüne düşmeye hazır başını desteklemek ister gibi sık saçlarının arasına karışmıştır. "Finlandiya"nın yüzünde acı, hüzün ve keder değil, adeta eski bir acının yanığı var gibidir.

Wikström'ün "Finlandiyası"nının yüzünde, narin, zorlukla seçilen **eski** kederlerin gölgesi vardır. Şimdi mutlu, güçlü ve herhalde gelecekten de emin ama ilkgençliğinde çok ağır, ıstırap veren günler yaşamış bir kadının yüzüdür bu. Unutulsun ister o günler ama **yaşanmıştır** işte. Yüz hatlarında izlerini bırakmıştır.

Âbo (Turku) Güzel Sanatlar Müzesi

Finlandiyalı sanatçılar[1] Edelfelt, Gebhart, Enskell, Westerholm, Halonen, küçük ve fakir yurtlarını tutkuyla seven bütün Finlandiyalılar gibi, Finlandiya doğasını içten ve narin bir sevgiyle resmederler ama bir sanatçının keskin gözleriyle, izleyicinin dikkatini cezbedecek peyzajlar bulamazlar gene de.

Derin ve hüzün verici bir ıssızlık, kederli bir yalnızlık vardır Finlandiya'nın doğasında, bununla birlikte sert bir yücelik, sarhoş edici bir parlaklık da yoktur. Üzerinde yosun bitmiş kayalar. Granit blokları. Köknar ve çam ağaçları. Donuk bataklıklar. Yeşile çalan beyaz gökyüzünün altında göz alabildiğine, yeşile çalan beyaz göller. Finlandiya'nın neresine giderseniz gidin, eğer tabiatın nimetleriyle karşılaşırsanız, taşlar ve ormanlardan ibarettir bunlar. Her yerde kaya parçaları, her yerde şeker kristalleri gibi ışıl ışıl granit blokları. Adeta sonsuz gibi uzanır yığılı ağaçlar, kütüklerden ve kalaslardan dağlar yükselir. İskelelerde de variller dolusu reçine.

Fakir topraklardır. Fakirdir ama tek şey hariç. Enerji, inatçı çalışma hariç. Kıt topraklarına duydukları sevgi hariç.

Helsingfors'ta, Ateneum'da,[2] Finlandiya sanatının bu sığınağında, Finlandiyalıların yurtlarındaki hayatlarını ne çabalar, emekler ve yoksunluklarla sürmek zorunda olduğunu apaçık gösteren Järnefeld'in, Halonen'in, Blomstedt'in ve Rissanen'in bir dizi tablosunu[3] bulursunuz. Köylüler aileleriyle birlikte tar-

(1) Albert Edelfelt (1854-1905), şöhreti ülkesinin sınırlarını aşan ilk Finlandiyalı ressam. F. Albert Gebhart (1894-1937), daha ziyade portre ve natürmort ressamı. Magnus Enskell (1870-1925), en ünlü Finlandiya sembolistlerinden. Viktor Westerholm (1860-1919). Pekka Halonen (1865-1933), Edelfelt gibi Finlandiya resminin "altın çağının" sembol isimlerinden.

(2) Finlandiya'nın en önemli sanat müzelerinden; Helsinki'de 1887'de yeni Rönesans tarzında inşa edildi, ertesi yıl açıldı.

(3) Eero Järnefeld (1863-1937), Finlandiya resim sanatında "altın çağın"

lalarını ekin için temizlerler. Ağaçları devirip sürüklerler. Kök parçalarını koparır ve yakarlar. Ağır taşları topraktan çıkarırlar. Çıplak granit blokların üzerine toprak taşırlar.

Toprağın şu kadarcık işlenmesi bile koca koca nesillerin emeğini gerektirir. Doğa, insanla alay etmek ister gibidir: çıplak taşların üzerine, bataklıkların ve göllerin arasına fırlatmıştır onu. Ama doğayla alay eden insandır. Meydan okumaya karşılık vermiş ve doğaya karşı zafer kazanmıştır.

Finlandiya'nın şehirlerinde sokaklarda dolaşırken yerden uç veren granit bloklar görürsünüz muhakkak. Bazen taştan bir yatak yayılır koca bir mahallenin altında, tepeleme taşlarla doludur her yer. Hersek'in çıplak tepelerini görmüş olan varsa, Finlerin çalışmasını gözlerinde canlandırabilir. Bizim Rusya'da, Novgorod ve Pskov vilayetlerinde de vardır böyle taş yığınları. Oralarda bunlara "şeytanın kesme şekerleri" derler. Finlandiyalılar bu "şeytanın kesme şekerlerini" parklara ve bahçelere döşemişlerdir. Taşların üzerine de bereketli toprağı getirip sermişler, ağaçlar dikmişler, çiçekler büyütmüşlerdir.

"Kabil'i bana verin," dedi *Ikuinen Taistelu*'nun yazarı J. Linnankoski, "onun ve benim esinimle yeniden işleyeceğim ebedi medeniyetin başlangıcı için verilecek kavganın direklerini."

"Kala kala bataklıklar ve taşlar kaldı bize ve onları uygar bir ülkeye çevirdik biz de," dediler Finlandiyalılar. Bitmeyen emekleriyle, inatçı çalışmalarıyla dediler bunu.

Ve bütün bunlar küçük bir ulus, yaklaşık üç milyon nüfuslu, tam olarak iki milyon üç yüz bin Fin ve dört yüz bin İsveçli tarafından yapıldı.

---

en seçkin temsilcilerinden. Väinö Blomstedt (1871-1947), sembolist ressam. Juho Rissanen (1873-1950), "altın çağın" seçkin temsilcilerinden.

* * *

Suomi ile tanışınca kıskanmamak elde değildir. Her şey küçüktür bu ülkede: şehirler küçüktür, zenginliği azdır ama başarıları büyüktür. Bizim Slavlara has düzensizliğimizden, viranlığımızdan, uyumsuzluğumuzdan, tutarsızlığımızdan, safahatımızdan eser yoktur.

Petersburg'dan itibaren üç buçuk saatlik bir yolculuktan sonra daha Vıborg'dan başlayarak kendine has, ayrı bir ülkede olduğunuzu hissedersiniz. Vıborg, Kuopio, Oulu, Vaasa, Tavastehus;[1] bütün bu şehirler küçücük, güzel mi güzel oyuncaklara benzerler. Sanki bütün binalar, sergi için hazırlanmış da bir kartona iliştirilmiş gibidir.

Caddeler geniş temiz, muntazam taş döşelidir. Binaların avluları pırıl pırıldır. Evler rahattır. Otellerde ve konak yerlerindeki posta istasyonlarında kusursuz bir zarafet vardır, yiyecekler tazedir, her şey düzgün ve ucuzdur. İnsanların nezaketi ve iyiliği de bütün yabancılarda hayret uyandırır.

Ülkenin başlıca şehri olan Helsingfors'ta hakkında söyleyecek bir şey yok. Bu şehir, biz Slavlar için incelenip öğrenilmesi gereken bir derstir. Ne bir lüks, ne bir har vurup harman savurma emaresi, ne gösteriş meraklılığı vardır burada; tek gördüğünüz evine bağlılık, çalışkanlık, güzellik ve temizliktir. Yeni gar binasından başlayalım. Bu, şehrin merkezindeki en büyük meydandadır. Yanında Fin Ulusal Tiyatrosu, sonra sanat okuluyla birlikte Ateneum, bir de yeni Halk Meclisi vardır.

Gar, dıştan bakıldığında, asil bir yalınlığın güzelliğiyle büyüler göreni. Ne bir gösterişli çizgi, aynı zamanda ne de bir bürok-

---

(1) Vıborg, bugün Rusya Federasyonu Leningrad eyaleti sınırları içinde, Finlandiya sınırında. Oulu'nun İskandinavcası Uleåborg. Tavastehus'un şimdiki adı Hämeenlinna.

Helsinki Tren Garı (mimarı Eliel Saarinen, 1914)

rasi alameti bulunur bu yapıda. İçeride de her şey elinin altındadır: posta ve telgraf, bagaj, kasalar…

Fin Ulusal Tiyatrosu, yeni Fin mimarisinin bir eseridir. Finlandiya şehirleri günümüzde yeni binaların mimarileriyle dövülüp şekil kazanmaktadır. Yeni konutlar, bankalar, tiyatrolar, müzeler, tapınaklar, hatta fabrikalar ve itfaiyeler, her bir yapı sanat eseri olacak şekilde inşa edilmektedir.

Bu bağlamda, hiç abartmadan ve kesinlikle ciddiyetle, Finlandiyalıların günümüzde, Ortaçağ'ın Floransalılarını hatırlattıklarını söylemek mümkündür. Yalnızca Floransa'da, en ücra bir sokakta bile, önünde saatlerce dikilip izleyebileceğiniz muhteşem bir evin cephesiyle karşı karşıya gelebilirsiniz. Finlandiya'da da aynısı olur.

Kasvetli ve tekdüze kayalıkların, bataklıkların ve ormanların arasında yaşayan bu kabilenin şu güçlü estetik duygusu nereden gelmiş olursa olsun, hızla ve "kuvvetle" geliştiğini görürsünüz.

Helsingfors ve Âbo'daki sanat müzeleri en ciddi ilgiyi hak ederler. Sayıca fazla değildirler ama güzel, sanatsal açıdan değerli şeylerdir. Güzel bir resim sanatı, daha da iyi heykelcilik ama en yüksek olanı mimaridir. Bir Finlandiyalı, kuzeyli olarak, belli ki dış duvarlardan başlar işe, sonra da iç mimariye yönelir.

Helsingfors'ta benimle birlikte bir Bulgar yazar da vardı. Fin Tiyatrosu'nun önünde durdu bu yazar ve meydanın orta yerinden uzun süre hayranlıkla izledi onu. Yaklaştı sonra, her açıdan inceledi, elinde olmaksızın kapıldığı bir kıskançlıkla dedi ki:

"Evet, anlıyorum bunu; kendine has bir yüzü var. Şimdi zevkle izliyorsun, sonra da unutmuyorsun bir daha. Bizim Sofya'da olanlar gibi değil: Halk tiyatrosu inşa ettiler, bir sürü para döktüler ona ama yapı niyetine kocaman bir sandık ortaya çıktı."

Tiyatro tek örnek de değildir. Finlandiyalılar isteselerdi ülkenin her yerinde yükselen değerli sanatsal yapılarla ilgili büyük bir albüm çıkarabilirlerdi. Örneğin, Âbo'daki sanat müzesi, Tampere'de de yeni Protestan katedrali. Önlerinden ayrılamaz-

Helsinki Ulusal Tiyatrosu

sınız. Bu binalar, sadece mimari açıdan muhteşem olmakla kalmazlar. Her bir unsurları, detayları da harikadır. Her bir pencereleri, kapıları, kuleleri, yağmur olukları, kornişlerinin ve köşelerinin her bir kıvrımı. Sanki her bir taş, bir işçi tarafından değil de, büyük bir sanatçı tarafından konulmuş gibidir.

Âbo'daki müzeye, tepeye doğru merdivenlerle çıkarsınız, Tampere'deki katedralin çevresi ise küçük çitlerle sarılıdır. Taş duvarın ve merdivenlerdeki taş tırabzanların uzunluğu üç-beş kulaç kadardır; yüksekliği de bir buçuk, iki arşın; ama ne muhteşem yapılmıştır bunlar, taşlar ne harika örülmüştür, çiniler ne muazzam örtülmüştür. Taş duvarın her santimi, resmini çizsinler ya da fotoğrafını çeksinler diye yalvarır sanki.

Müzesinin içinde ise adeta daha yüksek bir sanatla, yalın bir sanatsal güzellikle karşılaşırsınız. Ahşap merdivenin her basamağı, duvar süslemeleri, tabloların çerçeveleri, merdiven tırabzanlarındaki ince saksılardaki zarif yeşillikler – her şey, her şey,

Tampere Katedrali (mimarı Lars Eliel Sonck, 1907)

her şey, hem kendi başlarına, hem bütünlükleri içinde muhteşemdir.

Ve unutmayın: Bütün bunlar, ülkenin son derece mütevazı kaynaklarıyla doğuyor ve büyüyor. Ne bütün Finlandiya'da, ne de Finlandiyalılarda büyük zenginlikler var. Yeteneklerin toplanacağı tarla, büyük değil: nüfus, üç milyondan az. Bütün Finlandiya'yı, imrenilesi genel bir müze olarak görmek de mümkün.

* * *

Bunun sırrı nerede? Nüfusun özel yeteneklerinde mi? Ama en ateşli Finlandiya yurtseveri bile söylemez böyle bir şey. Yetileriyle de, çalışkanlıklarıyla da Slav nüfustan veya dünyadaki bir başkasından üsten değil Finler. Bu farklılığın sırrı başka yerde.

Emekten emeğe fark var. Kaba emek, öküz ve katır emeği, çift süren atın emeği – ve akıllı, eğitimli emek. Bilgiyle on kat, yüz kat, bin kat güçlenmiş emek.

Zoraki, toprak köleliğine dayanan emek var, zayıf iradeli emek, başkasının aklıyla yürütülen emek, başkasının elinden harcanan emek. Ezen emek. Ve şevk ve canlılık veren emek var. Özgür emek, kendi için işleyen emek. Canlı, yaratıcı emek. Kartal kanatlarındaki emek. Burada, emeğin **niteliğinde**, devamlı olarak Rusya'ya bağlamaya çalıştığımız Finlandiyalılar ile (son zamanlara kadar) bizim aramızda büyük bir farklılık var.

Finlandiya'nın bereketsiz, taşlık ve seyrek tarlaları, bu ülkenin sakinlerine yeterince buğday veremiyordu. Finlandiya yüzyıllardır dışarıdan aldığı buğdayla yaşıyor; günümüzde de bütün buğdayının üçte birini dışarıdan alıyor. Ama Finlandiya ne açlık biliyor, ne sefalet.

Ama Bosna ya da Dalmaçya kadar olan bu topraklarda bir üniversite, bir politeknik, 51 gimnazyum, 23 meslek yüksekokulu, 8 ilahiyat akademisi, 7 denizcilik okulu, 9 ticaret lisesi, 10 teknik lise, 24 ziraat lisesi ve başka eğitim kurumları var; kız eğitim kurumlarını ise saymadık. Bu okulların ne kadar başarılı olduğunu, ülkeye nasıl yayıldığını kendi gözlerinizle yerinde gördüğünüzde, edindiğiniz izlenim daha da güçleniyor.

Bu okullar sadece dış görünüşleriyle değil temizlikleri ve hijyene verdikleri önemle de insanı hayran bırakıyorlar: kocaman pencereler, geniş koridorlar, havalandırmalar, akılcı ve rahat mobilyalar, yüksek tavanlı sınıflar, çocukların oynaması için temiz ve geniş avlular, güzel yapılmış salonlar, jimnastik salonları.

Bütün Finlandiya'da böyle. Vıborg'da Rus, İsveç ve Fin kız gimnazyumları, Rus ve İsveç meslek okulları, İsveç ve Fin liseleri, bir de henüz tamamlanmamış bir lise, gençliğin yerinde eğitimi için bir Fin okulu, Rus ve Fin halk okulları, denizcilik, ticaret ve yüksek zanaat okulları, kadın eğitim kursları, bir İsveç ve iki de Fin hazırlık okulu, bir de daha düşük bir zanaat okulu var.

Kuopio'da on beş bin nüfus için bir ilahiyat okulu, lise, teknik eğitim okulu, görme ve işitme engelliler için bir okul, endüstri lisesi, kadın gimnazyumu, ticaret okulu, birkaç halk okulu, birlikte eğitim gören kızlı erkekli gençler için on sınıflı bir İsveç ve yedi sınıflı bir Fin okulu var.

Hämeenlinna'nın nüfusu yaklaşık altı bin. Dışarıdan bakıldığında ücra bir taşra kasabası. Elimde saatle, bir uçtan diğerine 7, boydan boya da 8 dakikada yürüyerek geçtim buradan. Şehirde bir otel ve bir de lokanta var ("Tiyatro lokantası"); buraki büyük salonda bazen temsiller de veriliyor. Ama okullarla, nasıl denir, silahlanmış bir kasaba: sekiz sınıflı bir erkek gimnazyumu, ilahiyat okulu, dokumacılık yüksekokulu, iki kız gimnazyumu (Fin ve İsveç), iki yüksek halk okulu (oğlanlar ve kızlar için),

Akseli Gallen-Kallela, "İlk Ders"

bir ilkokul, işçiler için bir pazar okulu, bir "Özgür Kilise" okulu, hükümlü okulu, bir geliştirme, bir hazırlık, bir hapishane okulu ve Rus okulları.

Bizde okullarla böylesine zengin altı bin nüfuslu bir kasaba bulunsun!

Âbo'da şehrin bir milyon yüz elli bin ruble tutarında yıllık gelirinden iki yüz bin ruble okullara harcanıyor. Hem de nasıl okullar!

Gençken Petersburg'un gimnazyumlarında uzun yıllar ders verdim. Tıkış tıkış mekânlar, tıklım tıklım sınıflar. Saat on ikiden sonra bu sınıflarda temiz hava kalmaz. Hava, nefes kokularıyla zehirlenir. Öğrenciler anlatılanı işitmez. Dikkatler dağılır, öğretmenler öfkeye kapılır. Öğrenciler dakika başı sınıftan çıkmak için izin isterler. Ve bu, başkentteydi.

Vıborg, Hämeenlinna'daki liseler, Helsingfors'taki kız gimnazyumları, dışarıdan bakıldığında küçük saraylara benzerler. Okul binaları, Finlandiya kasabalarının süsüdür. Örneği Âbo'da şehrin yüksek yerinde, dağın tepesinde, sahildeki kanalın üstünde şatoyu, kuleyi andıran bir bina vardır. Bu, denizcilik okuludur. Diğer yöne, muhteşem müzenin tarafına gidin; aydınlık bir malikâneyle karşılaşırsınız. Sanattan haz duyan bir zengine ait olduğunu düşünürsünüz. Ama bu da bir okuldur, ticaret okulu.

Vıborg'da okullar bir araya toplanmıştır, bunlar yüksek tavanlı, geniş pencereli, iki katlı binalardan bir mahalle teşkil ederler.

Okullardaki dersler özel bir düzene göre görülür. Sabah saat sekizden ona kadar iki saat, öğleden sonra da ikiden dörde kadar iki saat. Böylece öğrenciler, kapalı alanda uzun süre oturmaktan bitkin düşmezler. Sınıflar da daima gayet iyi havalandırılır.

Fin gençliği boş zamanlarında kışın kızak ve kayak kayar. Yazın güreş tutar, yüzer, top oynar, koşu yarışmaları yapar. Göğüs kasları, pazıları, ciğerleri, kolları, bacakları gelişir, fiziksel dayanıklılığı artar, sıhhati güçlenir.

Baharda sokaklarda çıplak ayakla dolaşan bir sürü küçük çocuk görürsünüz. Ama üzerlerindeki düzgün kıyafetler, çıplak ayak dolaşmalarının nedeninin fakirlik olmadığını gösterir. Okullu çocukları izlemek çok hoştur. Bizim çocuklardaki gibi soğuktan donmuşluğun, bitkinliğin, morarmış yüzlerin izi görülmez. Çocuklar, beyaz mantarlar gibi gürbüz büyürler ya da en güçlü hamurdan yoğrulmuş gibi.

"Okullar, bizim en büyük zenginliğimizdir," der Finlandiyalılar. "Ne sizin Urallardaki madenlerinizden, ne Sibirya altın yataklarından var bizde. Doğa, bereketini sunmamış bize. Kendi enerjimize yaslanmamız, yurttaşlarımızdan verebilecekleri her şeyi istememiz gerekir. İngiliz çeliğinin fabrikalarda dövüldüğü gibi gençliğe okullarda şekil veririz. Okullarımız sayesinde bataklıkların arasındaki kayaların üzerinde, Rusya'nın onca nüfusla yanına bile yaklaşamadığı bir hoşnutluk yarattık. Okulları alın elimizden, çöker gideriz. Mayasız hamur gibi şeklimizi şemailimizi kaybederiz."

Eğitimin ülke çapında bu kadar yaygınlaştırılmasının sonucu olarak, nüfus okumaya, kitaplara ve gazetelere tutkuyla bağlanmıştır.

Âbo'daki müzede Akseli Gallen-Kallela'nın muhteşem bir tablosu vardır.(1) Burada yoksul bir balıkçı kulübesi resmedilmiştir. Çıplak duvarlar, duvarların etrafında çıplak tahta sıralar, ahşap bir masa. Yerde eski bir balık ağı. Tavanda bir değneğe ekmek yerine kuru çavdar dilimleri asılı. İhtiyar büyükbaba balık ağını onarıyor. Yanındaki sırada, üzerinde geceliğiyle yedi yaşında minik bir serçe; torunu olsa gerek. Kelimeleri zorlukla ayırt ederek, dedesine bir şeyler okuyor. Ailenin geri kalanı çalışmada. Evde kala kala iki kişi kalmış, biri ihtiyar diğeri minicik; ikisi de kitaba vermişler kendilerini.

Ülkede gazeteler de okullar gibi her yana saçılmıştır. Her şehrin kendi gazetesi vardır. Vıborg'un nüfusu on sekiz bindir ve dört gazetesi vardır: İkisi Fince, ikisi İsveç dilinde. Neredeyse köylerdeki bütün aileler de gazete abonesidirler.

Öyle bir örnek biliyorum. Köylerden birinde iki fakir ama her zaman olduğu gibi tertemiz bir kulübe var. Birinin sahibi tek bacaklı, münzevi bir ihtiyar. Diğerinin sahibi de on yaşında

(1) Akseli Gallen-Kallela (1865-1931), özellikle Kalevala adlı Fin ulusal mitine dayanan tablolarıyla ün kazanmış ve ulusal bilincin gelişmesine katkıda bulunmuş ressam.

torunuyla yaşayan kör, yaşlı bir kadın. Bu iki ihtiyar, el ele verip bir gazeteye abone oluyorlar. Torun da her gün gazeteye koşup aldıktan sonra ninesinin elinden tutup tek bacaklı ihtiyara götürüyor ve onlara gazeteyi okuyor.

Bu yüzden burada, halkın en alt kesimlerinde bile düşünce, kör uykularda uyuyor, kâğıtlarda çürüyor değil. İnsanlar, yoksunluklarına teslim olmuyorlar. Başkasının iradesine teslim olup "her şey olacağına varır" demiyorlar.

Hayır, buradaki herkes, ormandaki taze ve canlı otlar gibi, dökülen eski yapraklarının altından uç veriyor. Ülke, yaşıyor. En üstten en alta kadar her şey yaşıyor.

Eskiden aşçılık yapan Miina Sillanpää kendini öyle bir geliştiriyor ki, makaleler yazıyor, güçlü bir emekçi kadın hareketi yaratıyor, bir dizi önemli sosyal meseleyi gündeme getiriyor, ülkenin siyasi hayatında öncü bir rol oynuyor, parlamentoya vekil olarak seçiliyor.(1)

Finlandiya'da sadece erkek nüfus katılmaz parlamento seçimlerine, kadınlar da ulusun temsilcileri olarak seçilebilirler; onlarla birlikte ulusun yasa yapıcılarının gözlerini kapadıkları, düşünmek istemedikleri meselelerle ilgili konuşmalar başlar.(2)

Aile, evlilik, kadının sosyal durumuyla ilgili meseleler görüşülür. Bütün Finlandiya'da, Avrupa'nın hiçbir yerinde henüz böyle bir şey yokken, kadının meta olarak satışı yasadışı ilan edilmiştir. Hiçbir yasal genelev bulunmaz.

---

(1) Miina Sillanpää (1866-1952), Finlandiya'nın ilk kadın siyasetçisi, sosyal güvenlik bakanı, parlamenter, iktisat danışmanı.

(2) Finlandiya'da kadınların seçme ve seçilme hakkı 1906'da tanındı. Bu sırada Finlandiya Rusya'ya bağlıydı ve bu hak, Finlandiyalıların mücadelesinin olduğu gibi, 1905 devriminin de sonucuydu. Çarın fermanıyla Avrupa'daki en radikal parlamenter sistem kuruldu oldu: Tek aşamalı bir parlamento, eşit ve genel oy hakkı.

Alkol bağımlılığına, sarhoşluğa karşı ciddi bir seferberlik başlatılmıştır. Finlandiyalılar tabiatları gereği alkole meyillidirler ama bu eğilim katiyen destek görmemektedir. Finlandiya'da devlet hazinesi, votkadan akan gelirle doldurulmaz; tersine votkayı, halktan mümkün olduğunca uzak, adeta kilit altında tutarlar. Burada votkayı ancak her biri beş mark tutarında üç buçuk şişe ölçeğinde büyük kaplarda satın alabilirsiniz. Üstelik bunları da her istediğinizde alamazsınız. Üstelik geçen yıl Finlandiya parlamentosunda alkollü içeceklerin, biranın bile, bütün ülkede satışına tam bir sınırlama getiren yeni bir yasa kabul edildi. Bu yasa henüz onay bekliyor.

Finlandiya ulusunun iktisadi, siyasi, sosyal ve entelektüel hayatı çok güzel düzenlenmiştir. Finlandiyalıların veya onların vatanlarına koydukları isimle "Suomi"nin sakinlerinin haysiyeti ayrı bir makale gerektirir. Finlandiya'da, Suomi'de bizzat bulunmamış bir kimse için Finlerin haysiyetlerine inanmak ve anlamak pek güçtür. Finlandiya'dan başka hiçbir yerde böyle bir şeyle karşılaşamazsınız.

Ve bütün bunlar, görece genç bir ülke olan Finlandiya tarafından 70, 80, 90 yılda gerçekleştirilmiştir.

Yüksek medeniyet seviyesi, bütün halkın ortak değeridir.

IV

SUOMİ

Finlandiyalılar, Rusya'nın kuzeybatı ucunda yaşarlar. Finlandiya'nın diğer tarafında da İsveç bulunmaktadır. Finlandiyalılar 1811'e kadar İsveç idaresindeydiler. İsveç ile Finlandiyalılar arasındaki ilişki, Vojvodine veya Bosna-Hersek'te Avusturya ile Sırplar arasındaki ilişkilere benziyordu. Bütün iktidar, bütün ticaret ve zanaat, okullar, hatta kilise bile İsveç'in elindeydi. Bütün idareciler, bütün entelijensiya (hâkimler, devlet memurları, doktorlar, subaylar, rahipler, öğretmenler) yani aydınlar İsveçliydi. İsveçliler Finlandiyalılara, yüksek bir ırkın üyelerinin alçak bir ırka davrandıkları gibi davranırlardı. Finlandiyalılar, İsveçlilerle aynı siyasi özgürlüklerden yararlanıyorlardı gerçi ama entelektüel, iktisadi, hatta ahlaki olarak onların astı durumundaydılar.

Bu, Finlandiya ulusunun kültürel gelişimine de yansıyordu. 18. yüzyılın sonuna, tam olarak da 19. yüzyılın kırklı yıllarına kadar Fin kültürü, tıpkı havasız, karanlık mahzendeki narin bir bitki gibi solgun, ama canlıydı. Temel okuryazarlığın ötesine geçemiyordu.

Ne var ki 1808'de, Rusya ile İsveç arasındaki savaş sırasında Rus çarı I. Aleksandr ordusuyla Finlandiya'nın yarısını ele geçirdikten sonra Fin şehri Borgå'da bütün Suomi'den temsilcileri topladı ve onlara şunu sordu:

"Eskisi gibi İsveç idaresi altında mı kalmak istiyorsunuz, yoksa Fin ulusunun otonom olmasından kaynaklanan bütün eski hakları korunacak şekilde Rusya idaresinde Rusya ile birleşmeyi kabul ediyor musunuz?"

Fin ulusunun temsilcileri, Finlandiya'nın Rusya ile birleşmesini kabul ettiler, imparator I. Aleksandr da hem kendi adına, hem de bütün varisleri adına, Finlandiyalıların İsveç idaresi altında sahip oldukları anayasayı aynen gözetmeye **yemin etti.**

Finlandiya'nın Rusya ile birleşmesi, her iki ülke için de avantajlıydı. Aslında Rusya'nın Finlandiya'ya ihtiyacı yoktu. Finlandiya fakir bir ülke. Yani Hindistan veya Mısır'ın İngiltere için taşıdığı anlamı taşımıyor. Kırım, Kafkaslar ve Türkistan'ın Rusya için taşıdığı anlamı da taşımıyor. Rusya, Finlandiya ile birleşmekle maddi bir avantaj elde etmedi ve edemezdi de. Finlandiya, Rusya'ya, başka nedenlerle gerekliydi.

Mesele şu ki, Finlandiya sınırı Rusya'nın başkentinden uzakta değil, Petrograd'ın hemen yanında bulunuyordu. Trenle iki saatlik bir mesafe. Açıkçası, herhangi bir düşman karşısında Finlandiya kolaylıkla düşer ve oradan da Petrograd tehdit altına girerdi.

Bu nedenle, sınırı Petrograd'dan uzak tutmak için Rusya'nın Finlandiya'yı idaresi altına alması zorunluydu. Finlandiyalılar da Rusya ile birleşmek sayesinde kendi öz kültürlerini özgürce geliştirme imkânını kazandılar. Çok sayıda İsveçli Finlandiya'da Rusya idaresinde kaldı ama bunlar artık ülkenin siyasi sahipleri değillerdi. Artık Finlandiyalılar, kendi entelijensiyalarını, kendi idarelerini yaratabiliyorlardı. Böylece tutkuyla medeniyet çalışmasına giriştiler.

Başlangıçta güçleri azdı. Finlandiyalı öğretmenlerin, Finlandiyalı rahiplerin, Finlandiyalı entelektüellerin sayısı sınırlıydı.

Bunlar bir avuç insandılar. Ama bu, onların enerjisini **zayıflatmak şöyle dursun, güç kattı.**

I. Aleksandr devrinde Fin kültürünün havarilerinin öncüsü, Snellman[(1)] oldu.

(1) Johan Vilhelm Snellman (1806-1881), Finlandiyalı filozof, yazar ve siyasetçi.

V
SNELLMAN

Snellman, yeni, genç Fin entelijensiyasının en iyi temsilcisiydi. Finlandiya'nın birkaç genç öğretmeni, rahibi, avukatı ve devlet memuru, ulus kitlelerinin aydınlanması için seferberlik çağrısı vazetmeye giriştiler. Hep şunu söylüyorlardı:

"Bir entelektüel olmak, efendi kıyafetleri giymek veya boynuna kolalı yakalar, başına da son moda şapka geçirmek anlamına gelmez. Entelijensiya, ulusun beynidir. Ulus sizi, eğitimden sonra iyi ücretler alasınız ve akşamları restoranlarda oturasınız, iskambil ve kıraathane denilen yerlerde domino oynayasınız diye büyütmedi. Böyle yaparsanız entelektüel değil, ancak onun küfü olabilirsiniz. Siz, ulusun aklını, ulusun iradesini ve enerjisini, ulusun vicdanını uyandırmakla yükümlüsünüz. Ulusun düşüncesini uyandırma, köylüleri, işçileri, toplumun alt kesimlerini eğitmek ve onlara nasıl daha iyi yaşayacaklarını, daha iyi bir hayatı nasıl oluşturacaklarını öğretmek; sizin göreviniz.

Nasıl çalışması gerektiğini öğretin ona. Fakir ama sağlıklı varlığını nasıl düzenlemesi gerektiğini öğretin. Kendilerinin ve çocuklarının sağlığını nasıl koruması gerektiğini öğretin. Mutlu bir aile hayatını nasıl kurmaları gerektiğini: eşlerin birbirine nasıl davranması gerektiğini ve çocuklarını nasıl yetiştirmeleri gerektiğini öğretin.

Johan Vilhelm Snellman (1806-1881)

Ulusu işlerini zamanında görmeye, düzene, disipline alıştırın. Ulusun içindeki vicdanı geliştirin. Düzene değer vermeyi öğretin. Kendisinin ve başkalarının haklarına saygı duymasını öğretin.

Bunun için ulusa iyi örnekler olun.

Ulusla ilişkilerinizle, sözlerinizle ve eylemlerinizle, onun eğitmenleri olduğunuzu gösterin.

Unutmayın ki bizim Suomi'miz büyük, tek bir ailedir; bütün Fin ulusu da, ister fakir oduncular, ister işçiler, ister dul çamaşırcı kadınlar olsunlar, sizin küçük erkek ve kız kardeşlerinizdir.

Sizin göreviniz, onları eğitmek, yetiştirmektir. Onları muasır, medeni uluslar seviyesine çıkarmaktır.

Unutmayın ki ulusunuzun eğitimsizliği, kabalığı, ayyaşlığı, hastalıkları, sefaleti… sizin rezilliğinizdir bunlar, sizin suçunuzdur."

İşte böyle yazıyorlardı birçok genç öğretmenler, rahipler, doktorlar. Snellman, onların arasında, kendine has irade gücü ve enerjisiyle öne çıkmıştı.

Snellman kışın kızakla, baharın da kayıkla, birbiri ardınca dolaşıyordu Finlandiya'nın bölgelerini. Farklı insanlarla karşılaşıyordu: Tabiattan gelen özel yeteneklere sahip köylülerle, ormanlarda ve madenlerdeki işçilerle. Ülkesinin en iyi genç kızları ve delikanlılarıyla tanışıyordu. Onlarla konuşuyordu. Onlara kitaplar veriyordu. Adreslerini öğreniyor ve onlarla yazışıyordu.

"Karanlık köşelerde canlı kandiller yaktım. Yağ döktüm içlerine, daha iyi yansınlar diye," demeyi severdi Snellman.

"Kocaman da olsalar bir, iki, üç nehirle bütün bir ülkenin ulusunu sulamak mümkün değildir," derdi Snellman. Her ücra köyün kendi pınarı, gölü, çayı, deresi ya da kuyusu olmalı. Ulusun manevi açlığı da böyledir. Her yerleşim yeri, kendi insanlarına, kendi canlı su kuyularına gereksinir. Snellman böyle insanlarla yazışıyordu, sonra onlar da bir yerden diğerine gidiyorlardı. Bu mektuplarda kimilerine (havarinin elçileri diyordu bunlara şakayla, Snellman'ın dostları) cesaret, manevi güç veriyor, kimilerini kınıyor, kimilerine öğütler veriyor, yeni görevler yüklüyor, iyi örnekler gösteriyordu.

Seyahatteyken bile ulusun eğitimiyle uğraşan insanları toplayıp dostça buluşmalar tertipliyordu. Şöyle diyordu onlara:

"Kendiri nasıl büküp urgan yaptıklarını bilirsiniz. İlkin kendir liflerini çıkarırlar, bunlardan ince sicimler bükerler, sonra bükmeye devam eder ve ip örerler, bu ipler de bükülüp okyanusa açılan kocaman gemilerin bağlandığı kalın urganlar olur.

Bizim işimiz de öyle. Hepsi birbirinden farklı iyi niyetleri bükebiliriz bizde ve bükmeliyiz, iki milyonluk ulusumuzun kudretli aydınlanma gücü haline getirmeliyiz onu.

Snellman, yaz tatilleri sırasında farklı yerlerde iki-üç haftalığına o bölgenin bütün öğretmenlerini topluyordu. Yüzden fazla insan toplanıyordu böylece. Başlangıçta gönülsüzce katılıyorlardı toplantılara. Yaşadıkları ücra yerlerde kış boyunca çalışmaktan yorgun düşmüş çoğu öğretmen, mesleğinin ağır yükünden şikâyet ediyor. Kimileri diyordu ki:

"Bu da yeni bir fantezi! Ne kursuymuş? Biz öğretmenlere mi öğretecek?"

Snellman biliyordu bütün bunları, anlıyor, ama gücenmiyordu. Bir doktorun hastalarına baktığı gibi bakıyordu insanlara: İyi etmek gerekti bunları. İlk yaz toplantısında halk öğretmenlerine şöyle dedi Snellman:

"Sevgili dostlar, işinizin ne kadar ağır olduğunu biliyorum. Eğitimsiz insanların bu ücra yerlerde sizin emeğinize değer vermediklerini de biliyorum. Maddi durumunuzun ağırlığını da anlıyorum. Ama, ne yapmalı? Unutmayın: Ulusu uyandırma işine, bu yüce işe daha yeni giriştik. Yeni bir ülkedeki öncülere benziyoruz biz. Ulusun cehaletiyle mücadelenin bütün yükünü omuzlarımızda taşımak zorundayız. Bunun için de övgüler, iyilik dolu bakışlar değil bizi bekleyen, ağır fedakârlıklar bekliyor. Size bu fedakârlıklardan söz edeceğim. Onların kaçınılmazlığından. Zaruretinden.

Fedakârlığa çağırıyorum sizi! Ama herkesi çağırmıyorum. Fedakârlıkta bulunmayı kabul edenleri ve bunu yapabilecek olanları çağırıyorum. Bağışlayın, apaçık söyleyeceğim size: Bütün mesleklerde olduğu gibi öğretmenlerin arasında da ruh itibariyle pedagojiyle ilgisi olmayanlar bulunduğunu biliyorum.

Zanaatçı bile değiller bunlar. Kendi öğretmen emeklerini sevmemekle kalmayıp aynı zamanda lanetleyen kimseler bunlar. Dostça öğütlüyorum onları; okulu bırakın! Başka bir uğraş arayın kendinize. Bürolarda çalışın. Tüccar olun. İstediğiniz işi yapın ama canlı bir ruha ve yüksek bilgilere sahip kimselerin gerekli olduğu yerleri işgal etmeyin. Benim bir önceki ricama, ulusumuzun en kültürlü insanları, Fin öğretmenleri karşılık verdiler. Her biri size, bilime olan açlığınızı daha sonra öğrencilerinize aktarabilesiniz diye, mevcut olabilecek her tür bilginin güzelliğini uzaktan da olsa göstermek için, beşer, altışar, onar ders vermeye söz verdiler."

Halk öğretmenlerinin büyük çoğunluğunu esinledi Snellman. Onun yardımcıları olmak istediler. Kendi başlarına bir sürü şey öğrenmeye, kendilerini mükemmelleştirmeye koyuldular. Zamanla da bunların her biri seçkin, kültürlü eylem adamları oldular.

Ve ülkede onlarca, sonra da yüzlerce, irili ufaklı yeni Snellman ortaya çıktı.

VI

KİLİSE

Snellman, yürekten sevdiği Suomi'sini uyandırmak için sadece halk öğretmenleriyle konuşmadı. Memurların, doktorların, rahiplerin, tüccarların, öğretmenlerin, subayların nerede bir toplantısı olsa, Snellman da orada olur ve coşkuyla şöyle konuşurdu:

"Ulusunuzu unutmayın. Siz hepiniz ulustan çıktınız. Ne olacaksınız? Eğitimsiz kardeşlerinizle yollarınızı mı ayıracaksınız? Yoksa ulusunuzun hayatını iyileştirmenin yollarını mı düşüneceksiniz? Ulus kitlelerinin kültürel uyanışı için ne yaptınız?"

Snellman, şöyle diyordu rahiplere:

"Saygıdeğer rahipler, kilisenin çobanları! Sizin düşmanınız olarak değil, kilisenin evladı olarak, dindar bir adam olarak yalvarıyorum size: Ulusunuzun gerçek çobanları olun. Papazlar, kilisenin memurları değildir. Göreviniz ayinleri düzenlemekten ibaret değil. Kilise hizmetlerinin düzeltilmesinden ibaret de değil göreviniz. İsa Mesih, her şeyden önce, saf, iyi, adil bir hayatı öğretti insanlara. İnsanlardaki vicdanı harekete geçirdi. Yakınlarına duydukları sevgiyi uyandırdı. Nasıl iyilik edebileceklerini öğretti. Hayvansı insanları, vahşi insanları tanrının evlatları yapmayı öğretti. Yaşayan hakikatin yaşayan vaazıyla gidin ulusa. O sıkıcı, tiksinti verici, yüzyıllardır rahip diliyle, ikiyüzlü ölüler gibi tekrar ettiğiniz eskimiş sözlerinizi söylemeyin onlara. Eğer Suomi'de olsaydı İsa Mesih'in halkınıza konuşacağı gibi konuşun.

Rahipler, İsa'nın sürüsünün çobanları, iki milyon Fin halkının adına, gözyaşlarıyla yalvarıyorum size: Skolastik düşüncenizin üzerindeki şu kalın pası sıyırın ve ulusa, İsa'nın hakikatini nasıl anlayacağını öğretin. İhtiyarlarda ve çocuklarda, gençlerde ve yetişkinlerde canlı iradeyi uyandırın ve İncil'de öğretildiği gibi yaşayın."(1)

Finlandiya'nın başkenti Helsingfors'ta piskoposlar toplantısı vardı. Şu meseleler tartışılıyordu:

– Ulus kitlelerinde dinin etkisinin azalması,

– Kiliseye karşı kayıtsızlık ve ruhbana saygısızlık,

– Bunlarla mücadelede alınması gereken tedbirler.

Snellman, bir tebliğle bu toplantıya katılmayı rica etti. Önce reddettiler. Dediler ki: "Bu, piskoposlar toplantısı; kiliseden olmayanlara yer yok. Hem ilahiyat bilgisi bulunmayan bir adam olan Snellman, kilisenin yüksek hiyerarşisine ne söylemek isteyebilir ki?"

Bunun üzerine Snellman, toplantıya bir açık mektup gönderdi.

"Ben, size ders vermeye niyetlenmedim. Kilise dışından biri olarak sadece, biz kilise dışından olan kimselerin sizin ferah, geniş ve zengin tapınaklarınıza neden soğuk yaklaştığımızı söylemek istedim. Ulusun dine ve kiliseye karşı tavrının soğuduğu-

---

(1) Tırnak içindeki ifadeler aslında Petrov'un düşünceleri. Snellman gerçekte kiliseyle hep mesafeli durmuş ve koşulsuz bir inanç özgürlüğünü savunmuştu. Az aşağıda, Snellman'ın piskoposlar toplantısına katıldığı da doğru değil. Anlaşılan bir kilise adamı olarak Petrov, kendi dindarlığını desteklemek için Snellman'ı açıkça çarpıtmaktan kaçınmamış.

nu iddia ediyorsunuz, ben de size, bunun neden meydana geldiğini söylemek istiyorum. Ben sizden, 'halktan bir ses olarak beni dinleyin' istedim; sizse bunu istemediniz ve benim toplantıya katılmama izin vermediniz. Bir hastayı, evvela dinlemeden, nasıl iyileştirebilirsiniz?"

Bu mektubun ardından Snellman'ı toplantıya davet ettiler. O da piskoposlara şöyle dedi:

"Ne suçlamaya niyetliyim sizi, ne de teşhir etmeye. Ben olmasam da çokları suçluyor zaten rahipleri. Ama ben rahipleri suçlamıyorum. Ben kendimi, toplumu, bütün ulusu suçluyorum. Rahipler gökten düşmediler, onları rüzgâr getirmedi bataklıklardan. Ruhbanımız, bedenimizin bedeni ve kemiğimizin kemiğidir. Ruhbanımız, ister iyi olsun ister kötü, biziz, kendimiziz. Bizim içimizden çıktı ruhban. Bu yüzden, ruhbanı itham ettiklerini işittiğimde, itham edenlere şunu soruyorum:

Sizin aranızdan kaçınız şerefli, vicdanlı tüccarlardır? Sizin aranızda şerefli aşçılar, vicdanlı duvarcılar, inşaat ustaları, demirciler var mı? Hangi mesleğin temsilcileri uygun düşer size? Avukatlarınızı, parlamento üyelerinizi, gazetecilerinizi; bunları, ülkenin tuzu saymak mümkün mü? Eğer kendi aranızda şerefli domuz çobanları bulup çıkaramıyorsanız, aranızda kilisenin çobanlarının olmadığına neden şaşıyorsunuz ki? Kiliseniz, kendinizsiniz. Rahipleriniz de kendinizsiniz. Sizin hamurunuzdan pişirildi onlar."

"Bu yüzden geldim buraya; sizi suçlamak için değil," dedi Snellman, bütün Finlandiya'nın piskoposlar toplantısında:

"Tıpkı bir hastanın doktoruna geldiği gibi geldim size. Şunu söylemeye geldim: Ulus, yontulmamış. Ulus, biçim verilmemiş. Ulus, kimseye güvenmiyor. Herkese ve her şeye şüpheyle bakıyor. Burada dinin yeri nedir? Nasıl bir din olabilir? Ulusta bazı eski kilise âdetleri, hurafeler kök salmış.

Peki bu ulusun suçu mu? Kim, nerede, ne zaman ve nasıl anlattı ulusa dini? İsa Mesih ve onun havarileri bizzat gitmişlerdi halka. Dümdüz, apaçık konuşuyorlardı onlarla. Örneklerle. Mesellerle. Ruhlarını ve yüreklerini uyandırıyorlardı.

Ve binlercesi geldi İsa'nın peşinden, çöle, vaiz Yahya'ya binlercesi gitti... Oysa şimdi, en büyük bayramlarda, tapınaklarımız boş! İnsanlar kilise ayinlerinden kaçıyorlar. Neden? Çünkü, ulusun ne aklına, ne yüreğine hitap edebiliyoruz. Bu beladan nasıl ve neyle kurtulunacağını düşünün. Bu, sizin vazifenizdir. Sizin yükümlülüğünüzdür."

"Size söylüyorum," diye devam etti Snellman:

"Ulus, manevi olarak ağır şekilde hasta. Tehlikeli bir şekilde hasta. Din, insanın dünyayla, insanlarla, tarladaki her bir otla bağının duygusudur. Eğer böyle bir bağ yoksa, ne devlet olabilir, ne toplum, ne aile, **hatta ne de insanın kendisi**. Ulusta dindarlığın azalması, **kilisenin meselesi değildir**. Bu, devlete yönelmiş bir tehdittir. Kitlelerin dine karşı kayıtsızlığı, ulusun en tehlikeli hastalığı olup çıkabilir. Uçarı gençlik, düşük liberal düşünürler gibi beyhude yere, tanrısızlığın, özgür düşüncenin işareti olduğunu düşünür. Tanrısızlık ruhun perişanlığıdır, ruhun hastalığıdır. Tanrısızlık, ulusun içinde yatan bütün aydınlık şeylerin ölüp gitmesidir; bunun sonucu olarak hayvansı insanlar, düşkünlük, ahlaksızlık, kaba bir bencillik, soygun, küstah bir ahlaki sefahat doğar.

Ben, kilise dışından biri olarak konuşuyorum size, kilisenin çobanlarına: **Tanrı, ulusun ruhunda ölmekte.** Bu ölümden daha korkunç ne olabilir? Kendiniz karşısında, tanrının karşısında, ulusun karşısında haysiyetli olun, etrafınızda başka suçlu aramayın. Her dinin ikiyüzlülerinin şimdiye kadar yapmış oldukları ve halen de yapıyor oldukları gibi, bilimi, felsefeyi, entelijensiyayı suçlamayı bırakın.

Kendinizi suçlayın!

Kendinizi iyi edin!

Ulusa nasıl öğreteceğinizi öğrenin!

Bizzat arayın tanrıyı. İçinizde. Kendiniz için. Sonra da ulusa, tanrının arzularına uygun hayatın yolunu gösterin!

Tekrar ediyorum: **Ulusun ruhunda tanrı olmadan kurtuluş yoktur**. Size, kilise hiyerarşisine hitabımı şu yardım çağrısıyla bitiriyorum: Ulusumuzu kurtarın! Tanrıyı verin ona. Ölü inanç formüllerini değil, ruhlarında yaşayacak diri bir tanrı duygusunu."

Snellman söylevini bitirdikten sonra eğilerek kurulu selamladı. Konuşması herkeste farklı duygular uyandırmıştı. Kimilerini öfkelendirmişti. Bunlar yüksek sesle homurdanıyorlardı:

"Arsızlık! Küstahlık! Kiliseye küfür! Bizimle alay etti!"

Diğerleri ise ve kilise gurur duyabilir ki çoğunluktu bunlar, susuyorlardı ve suskunlukları Snellman'ın sözlerinin haklılığının en iyi itirafıydı. Geçmişlerinden utanıyor ama aynı zamanda geleceklerinden bahtiyar oluyorlardı. Toplantıya katılan en yaşlı piskoposlardan biri, çocukluk yıllarında Snellman'ın din hocası, konuşmacıya yaklaştı, sımsıkı kucakladı onu ve dedi ki:

"Teşekkürler sana! Şu ihtiyar hocanı bahtiyar ettin. Şimdi söyleyebilirim: Tanrım, şu hizmetkârını huzur içinde alabilirsin artık, zira gözleri, ulusun kurtuluşunu gördü. Tanrı yardımcın olsun! Ulusu yücelt, mükemmelleştir! Teşekkürler sana!"

Bazı piskoposlar da toplantıdan sonra piskoposluklarındaki rahipleri topladılar. Uzun uzun ve yürekten, kilisenin vaazını nasıl canlandıracaklarını, ruhbanı ulusa nasıl yakınlaştıracaklarını konuştular. Nasıl ulusun gerçek çobanları olacaklarını.

Rahipler de birçok yerde kendileri toplantılar düzenlediler. Birlikte İncil okuyorlardı. Yüce hakikatlerin fikri derinlere kök salıyordu. Bu toplantılarına, mümin yurttaşları da davet ediyorlardı. Ulusla, yeni bir dilde konuşuyorlardı. Yeni mevzuları, yeni meseleleri. Gençleri, çocukları topluyorlardı. Onları etkiliyorlardı. Ne aklı, ne bilimi, ne yaşama mutluluğunu lanetliyorlardı; ama her şeye çocuk ruhunun berraklığı, genç idealizminin sıcaklığı katılsın diye yalvarıyorlardı.

Ve ulus kitleleri de canlandı. Daha iyi bir hayata yönelmeye başladılar. Çoklarının ruhu ferahladı. Yürekleri hafifledi. Gözleri daha açık, daha içten bakar oldu.

Snellman ve dostları mutlandılar. Diyorlardı ki:

"Birken bir olduk. Ulusun eğitimi alanında yeni, paha biçilmez dostlarımız var şimdi."

VII

İDARE

1816'da, Finlandiya ile Rusya'nın birleşme anlaşmasına uygun olarak, parlamento ile ilgili yeni kurallar getiren yeni bir anayasa kabul edildi. I. Aleksandr, çarlık fermanında yazılı olanı bir kez daha teyit etti: "... İşbu ülkenin kendi anayasasının bizim ve varislerimizin idaresi altında kutsal bir şey olarak korunacağına dair tarafımızdan verilen sözü ebediyen tutacağımızı beyan ettik."

Helsingfors'ta yeni kurulan parlamentonun açılışına bütün Finlandiya'dan devlet memurları geldiler. Snellman da orada hazır bulundu ve bildiri sundu. Finlandiyalı devlet memurlarının İsveçliler dönemindeki durumundan başladı okumaya:[1]

"İsveçliler, muhteşem bir ulus: Akıllı, onurlu, asil, hoşgörülü, yaşamayı seven ve medeni. İsveçlilere saygı duyuyorum. Onlar arasında birçok dostum da var. İçtenlikle, İsveç'e esenlikler diliyorum. Ama fakir, ücra ülkemizin İsveç idaresi altında bulunmuyor olmasından da mutluyum. Ulusumuzun İsveç

---

(1) Bu da doğru değil; Snellman parlamentonun (1863'te) açılışında bir konuşma yapmamıştı. Burada imparator II. Aleksandr konuşmuş ve Finlandiya'da liberal reform programına değinmişti; ancak bu konuşmanın ve parlamento projesinin, Snellman'ın görüşleri doğrultusunda yapıldığı doğrudur.

devletinden değil, İsveçli memurlardan kurtulmasına memnunum.

İsveçlilerin Finlandiya'daki idaresi nasıldı? Bunun iki kötü yanı vardı: Ulusumuz için kötüydü ve İsveç iktidarı için kötüydü. Her iktidar için kötüydü bu. İsveç'teki memurlar akıllı, onurlu, çalışkan insanlar ama ne yazık ki bizdekiler öyle değildi. İsveç hükümeti birçok iktidarın tehlikeli hatalarını tekrarlıyordu. Ülke içindeki memurları dikkatle seçerken, taşraya toplumun çerçöpünü atıyordu.

Bütün uluslarda olduğu gibi İsveç'in zengin ve soylu ailelerinde de kötü evlatlar vardı: tembel, hayta, aptal, sefih, ayyaş, yolsuz gençler.

Bunları bütün okullardan atıyorlardı. Hiçbir memuriyete: ne kalem dairelerine, ne ticaret bürolarına alıyorlardı. Hiçbir işi kendi başlarına görecek kimseler değildi bunlar: çalışmak istemiyor, boş boş sürtüyor, avarelikle para saçıyorlardı."

Böyle cahil ve tembellerle ne yapılabilir? Aileleri ve akrabaları, eğer aralarında nüfuzlu kimseler varsa, bu yoldan çıkmış gençliği Finlandiya'ya memur olarak yerleştiriyorlardı.

Düşünün ki bin değil, belki iki bin memur vardı böyle! Gimnazyumda ancak iki-üç sınıf okumuş, ahlaken sefih olan bu gençler Finlandiya'da zamanlarının çoğunu çalışarak değil zengin lokantalarda ve akla gelebilecek her tür eğlencede geçiriyorlardı.

Çalışmayı arzu etmedikleri gibi bilmiyorlardı da. Kaba, şekilsizdiler. Memuriyetleri baştan savmaydı. Yerli halka yüksekten bakıyorlardı. İşe geç geliyor, erken çıkıyorlardı. Dairedeyken de kahvelerini yudumluyor, sigaralarını içiyor, gazetelerini okuyor, ahbaplarıyla gevezelik ediyorlardı. Bir işleri görülsün diye bunların yanına gelenler, kabul edilmeden önce daima uzun uzun beklerlerdi. Kaba yardımcıları da bağırırdı insanlara: Şef meşgul. Bekleyin!

Böyle bir "şef"e erişmek mümkün olduğunda ise, şişinen bir hindi gibi, kaba ve uyuklar bir yüzle kabul ederlerdi ziyaretçilerini. Genellikle sözlerini keser ve sonuna kadar dinlemeden kestirip atardı:

"Yarın gelin! Bugün meşgulüm."

"Beni dinleyin, uzun yoldan geldim."

"Yarın!" diye bağırırdı hindi, daha yüksek sesle.

Geceleri batakhanelerde içki su gibi akardı. Pahalı kadınlar etraflarında dört dönerdi. Bütün bunlar bir sürü para gerektirirdi. Bu batakhanelerde, düzgün ve namuslu insanların dehşete kapılacağı şeyler olurdu. Derlerdi ki:

"Nedir bu? Stokholm buna nasıl müsaade ediyor? Daha ne kadar sürecek bu?"

Halk ıstırap çekerdi. Yakınırdı. İçerlerdi. Öfkeye kapılırdı. O da ahlaksızlaşıyor, alçalıyordu. Derdi ki: "Eğer iktidar böylesine müsaade ediyorsa, ben de fırsatı kaçırmam."

"Bugünse, tanrıya şükür," diye devam etti Snellman:

"Azar azar, ağır ağır kendi Fin memurlarımızı atıyoruz bütün görevlere ya da yerli İsveçlilerden en iyilerini seçiyoruz. Yeni şarap tulumlarında yeni şaraplar demleyebiliriz. Yeni zamanların değerini bilin. İşin en başından, gereğince çalışın. Eski ruhu, ondan hiçbir iz kalmayıncaya kadar kovun. Yeni, bizim olan bir Fin geleneği yaratın. Halk sizin, onun asalakları değil, hizmetkârları, vasileri olduğunuzu görsün. Kapınıza gelene can sıkıcı sinekler gibi bakmayın; mümkün mertebe, herkesi kapıda karşılamaya gayret edin. Bilsinler ki, eğer bir şey olmadıysa, siz istemediğinizden değildir bu, yapamadığınızdan, imkânı olmadığındandır. Unutmayın: Aynı zamanda ulusun eğitimcisi olan siz memurlar, rahipler ve halk öğretmenleri gibisiniz."

"Adaletsizliğin en önemli öğretmeninin kim olduğunu biliyor musunuz?" diye küçümsemeyle sordu Snellman:

"Memurlar! Kanunun temsilcileri! Onlar ulusa, kanuna uymamayı öğretirler. Bu yüzden, yeni Finlandiya adına yalvarıyorum size: Yurttaşlarımızda kanun duygusunu geliştirmemize yardımcı olun. Hatta, daha fazlası: Derin bir manevi adalet duygusunu."

Snellman'ın bu konuşması cevapsız kalmadı. Halk, bütün ülkede, memurlarına keskin gözlerle ama büyük bir güvenle bakar oldu. Bir, iki kuşak sonra yeni bir Fin memur sınıfı doğdu. Daha akıllı ve ahlaklı oldular. Halka örnek olarak hizmet edebiliyorlardı. Halk da onlarla gururlanıyor, onlara saygı duyuyordu.

VIII

KIŞLA

Finlandiya anayasasına göre daha İsveçliler zamanında kendi posta idareleri, kendi para sistemi vardı. Kendi ordularına da sahiptiler.[1]

Finlandiya, Rusya'nın egemenliği altına girince de öyle kaldı. Para sistemi, posta idaresi, daha sonra da demiryolları, yerel ve bölgesel idare – bütün bunlar Finlere aitti. Mevcudu az olmakla birlikte bir Fin ordusu da kaldı.[2]

İsveç idaresi altındayken her şeyin fiilen İsveçlilerin elinde olmasından başka, ruhen de her şey İsveçliydi. Finlandiyalılar, İsveç devlet iktidarını ve İsveç kültürünü semizleştirmek için kullanılan canlı gübreden başka bir şey değillerdi.

Suomi'nin Rusya egemenliğine geçmesiyle birlikte Finlandiyalılar ağır ağır ama bütün güçleriyle, ülkelerinin efendileri olmaları mucibince sahip oldukları mevkilere yerleşmeye başladılar.

---

(1) Bu da doğru değil. İsveç idaresinde Finlandiya'nın ne posta, ne maliye, ne de ordusu vardı. Mevcut askeri birlikler içinde Finlandiyalılar da istihdam ediliyordu ama bu, İsveç ordusunun garnizonları şeklindeydi.

(2) Rusya idaresinde Finlandiya'ya geniş özerklikler tanındığı doğru; ancak burada da abartı var gibi görünüyor. Fin para sistemi, ancak geç bir dönemde, 1869'da uygulamaya sokuldu. Ordu ise (Borodino'da bir Fin alayı da çarpışmıştı gerçi) esasen tören alayından ibaretti.

Alt kesimlerden başladı bu. İlkin halk okullarında, sonra da orta ve yüksek mevkilerdeki İsveçli öğretmenlerin yerlerini Finlandiyalı öğretmenler almaya başladı. Günden güne daha çok Finlandiyalı rahip, yargıç, doktor, memur görülür oldu.

Küçük Fin ordusu da ruh itibariyle Finli oldu. Bu ordudaki askerlerin çoğu, daha İsveç egemenliği sırasında Finlandiyalılardan oluşuyordu, ne var ki bu, İsveç askeri çizmeleri için Fin derisinden başka bir şey değildi. Yüksek komuta kademesi, onun ruhu, subayların askerlerle ilişkisi – bütün bunlar İsveç usulüydü.

İsveçliler yiğit bir ulustur. İsveç Kralı Gustav Adolf, reformasyon sırasında, Rusya'da Büyük Pyotr'un olduğu devirde XII. Karl'ın yaptığı gibi, İsveç ordusunu bütün Avrupa'da şanlı hale getirmişti.(3) Ama İsveç'in askeri kudreti, diğer Avrupa ülkelerinde olduğu gibi, aristokratik, mülk sahibi, ayrıcalıklı bir kasta dayanıyordu. Subaylar memurlara da, tacirlere de, entelijensiyaya da tepeden bakarlardı. Ulus, aşağı tabakalardı; askerler ise kaba ve sert bir disiplin altında tutulması gereken et yığını. Subaylar, cepheden, tören alaylarından ve kışlalardan başka bir şey bilmek istemezlerdi. Bütün boş zamanlarını içki âlemlerinde, kumar masalarında, en iyi ihtimalle de danslarda geçirirlerdi.

Çoğunluğu doğru düzgün eğitim görmemişti. Neredeyse hiçbir şey okumazlardı. Ne toplumsal, ne de ulusal hiçbir şeye ilgi göstermezlerdi. Hır çıkarıp silahla tehdit etmeyi severlerdi. Büyük züppelerdi bunlar. Tören üniformalarına bayılırlardı. Büyük salon kavalyeleri, adeta dans bağımlılarıydı. Ama bütün bunlardan daha çok, içmeyi ve kumar oynamayı severlerdi. Askerlere karşı kaba, genellikle de zalimdiler. "Kışladaki sürü"yü hor görürlerdi – öyle derlerdi askerlere.

---

(3) Gustav II. Adolf (1594-1632). XII. Karl (1682-1718).

Genç Fin entelijensiyası, başlarında Snellman olduğu halde, ordunun durumuna, askerlerin eğitimine ciddi bir ilgi gösterdi. Gimnazyumların hatta üniversitelerin en iyi öğrencilerinden

birçoğu mezun olduktan sonra ordu okullarına giriyor, sonra da orduya katılıyor ve orada beş, altı hatta on yıl hizmette bulunuyor, bu arada kendi bilimleriyle de meşgul oluyorlardı.

Snellman onların düşünce ve duygularını ifade ediyordu ve öğrencilerle, genç subaylarla buluşmalarda ve gazetelerde yazdığı yazılarda şöyle diyordu:

"Ordu, ulus için en iyi, en asil, en sorumlu okul olabilir. Unutmayın: Ülkenin bütün halkından, en ücra köşelerden genellikle en sağlıklı insanlar, hayatlarının en iyi dönemlerinde seçilirler.

Ailelerinden koparırlar onları, gündelik işlerinden koparırlar ve uzun süreliğine, kışlalara toplanırlar. Çalışmaya zorlasalar da bazen, kazandıkları bu yeteneklerin yurtlarına döndüklerinden sonra bir faydası olmaz onlara."

"En uygar halklar bile ne yazık ki uzun süre barış içinde yaşamayı bilmezler," diyordu Snellman:

"Eski nefretler ve soyup soğana çevirme ihtirası ansızın, hızla kıyıyı döven fırtınalı bir deniz gibi patlayıverir içlerinde. Bu sele karşı setler kurmak gerektir. Her ordu, binlerce kahramanlarının göğüsleriyle vatanlarının sınırlarını koruyan paha biçilmez setler gibidir. Ve arkalarındaki uluslarına barışı, özgür çalışma olanağını sunarlar."

"Ordu, fedakârlığa yaslanan kendine has bir manastır tarikatı gibidir," diyordu Snellman:

"Biz siviller ise, her bir çakıl taşı canlı bir insan olan bu canlı setlerimizin değerini yeterince bilmez, onlara yeterince saygı duymayız. Zaruri olduğunda böyle binlerce çakıl tanesi gidip kendilerini bizim, huzurlu hayatın yolunda feda ederler.

Eğer herhangi bir yerde, sokakta, tarlada, dükkânda, hatta meyhanede bir subay ya da askerle karşılaşacak olursam, onunla saygıyla selamlaşmak arzusu doğar içimde. Tatlı bir tebessümle şöyle demek isterim ona:

"Dostlarım! Hemşehrilerim! Bizim, benim yüzümden böyle ağır bir hizmete: Vatanın korunmasına adadınız kendinizi. Tanrı da sizi korusun!"

"Bir düşünün," diye devam etti Snellman:

"Kışladaki her asker, canlı, paha biçilmez bir mücevherdir. Ve her yıl binlercesi toplanıyor bu mücevherlerin. Uzun süre bir arada tutuluyorlar... Bu canlı pırlantaların bizimle birlikte bulunduğu onca zamandan sonra yurtlarına bitkin düşmüş, hatta mahvolmuş olarak dönmeleri, sadece incitici değil, günahtır da."

"Yeni Fin ordumuz, manen, ahlaken, gelişmişliğiyle, kışlalarda askerlik hizmetinin sonuçlarıyla da yeni olmalı," diyordu, Snellman'ın manevi öğrencileri olan yeni, genç subaylar, Finlandiyalılar:

"Askerler, kışlalardaki sürü değildir. Askerler, anavatanın bana eğiteyim diye gönderdiği küçük kardeşlerimiz, yeterince eğitim almamış kardeşlerimizdir. Ve o, askerlikten sonra yurduna döndüğünde, vatan bana şöyle sorar: 'Sen kimi hazırladın? Sana emanet ettiğim bu yüzlerce, binlerce gencecik fidanı nasıl çıkardın kışlalardan?'

Subay, askerin sadece kardeşi değildir. Sadece savaştaki üstü değildir. Subay, askerin öğretmenidir. Onun eğitmenidir. Askerin bedeni (onun sağlığı), askerin kafası (onun aklı, beyni), askerin yüreği, ruhu (onun karakteri), vicdanı, hayat anlayışı, insanlara, ana-babasına, hayata karşı tavrı, subayın vicdanına emanet edilmiştir."

Ve vazifelerini bu suretle anlayan genç Fin subayları, yeni Fin ordusunun bu ağır işçileri, bu yükün ağırlığıyla bitkin düşmüyor, hayranlık ve coşkuyla şöyle konuşuyorlardı:

"Vatana sadece savaşta faydalı değiliz biz. Kışlalarda olduğumuz süre boyunca da ulusa hizmet edebiliriz. Her bir askerle, sürekli temas halinde olduğumuz sürede. Eskiden olsa, bu kışla kelimesi genellikle hakaret olarak söylenirdi:

'Edepli davranın, yoksa kışlanın yolunu tutarsınız!'

'Kışla gibi kokuyor.'

'Kışlada insanlıktan çıkmış…'"

"Oysa şimdi, kışla başka bir şey olabilir ve olmalı," diye düşünüyorlardı Finlandiyalı genç subaylar. "Kışlayı halk okullarına çevireceğiz. Halk üniversitelerine çevireceğiz. Askerler mutlulukla hatırlayacaklar kışlayı. İnsanlar gururla konuşacaklar kışla hakkında:

'Kışla adam etti bunu.'

'Kışla yetiştirdi bunu: geliştirdi, düzgün, şerefli, gayretli, saygılı, işinin eri, muntazam bir adam etti.'"

Finlandiyalı subaylar böylece, şevkle giriştiler kışlalardaki havarilerin misyonunu andıran çalışmalarına. Çok çalıştılar bizim üzerimizde. Her bir adımımızı takip ettiler. Bütün hayatı kışlalarda yeni baştan inşa ettiler.

"Eskiden, İsveçliler zamanında kışlalar pis, rahatsızdı. Leş kokusu hâkimdi. Havası boğucu, ekşiydi. Askerlerin kıyafetleri pespayeydi. Kötü beslenmeden sık sık hasta olurlardı. Yüksek rütbeliler varlarını yoklarını çalıp çırparlardı: yemeklerini, kıyafetlerini, ayakkabılarını, battaniyelerini, hatta ranzalarını bile. Onlarla kaba konuşurlardı. Askerliğin bir parçasıydı en alaycı hakaretler.

Şimdi, her şey kökten değişti. Kışlalar toplanıyor, temizleniyor. Devamlı havalandırılıyor. Boş zamanlarda, binanın çevresinde, avlularda otlar ekiyor, çiçekler dikiyorlar. Saksıların içinde çiçekler var kışlalarda. Pencerelerinde perdeler. Toprak zeminlerde kilimler serili, kapıların yanlarında yer tahtaları. Girerken özenle siliyorlar ayaklarını. Ayakkabılarını ve kıyafetlerini de öyle temizliyorlar. Askerler haftada bir defa hamamın yolunu tutuyor.

Sadece dış değil, manevi bir temizlik de gözetiliyor. Eski zamanlardan kalma, İsveçlilerin ayyaşlığı ve kaba hakaretleriyle ilgili deyimler vardır. Şöyle:

'İsveçli gibi ayyaş.'

'İsveç askeri gibi sövüyor.'"

Gerçekten de İsveçlilerin zamanında kışlalarda su gibi içki içerlerdi ve gün yüzü görmemiş küfürler uçuşurdu havada. Askerler küfürleşirdi, subaylar küfürleşirdi, generaller küfürleşirdi. Öfkeden deliye döndüklerinde küfürleşirlerdi, dostça sohbetlerde de küfürleşirlerdi. İğrenç küfürler savururlardı. Bu küfürlerde ne analarını, ne tanrıyı, ne İsa'yı, ne güneşi, ne gökyüzünü esirgerlerdi. En yakası açılmadık küfürler sel gibi akardı ağızlarından.

Finlandiyalı genç subaylar, kışlalarda sabun kullanmaya başladılar. Askerlerine sabahları, akşamları ve her yemekten önce ellerini yıkamayı öğrettiler. Havluları, diş fırçalarını da tanıttılar. Dişlerini fırçalamayı öğrettiler. Askerlere ağızlarını temiz tutmayı öğretirken, dillerini ve konuşmalarını da temiz tutmaları gerektiğini anlatırlardı. Her şeyden önce, subaylardan hiçbiri küfretmezdi. Ve serttiler de. Askerlere müsamaha göstermezlerdi. Katı bir disiplin isterlerdi ama askerlere hakaret etmeden yaparlardı bunu.

Eskiden sadece askerler değil, genellikle seçkin ailelerden gelen subaylar da bu iğrenç küfürleri kendine has bir yiğitliğin, zarafetin, zorunlu askerlik hizmetinin doğal bir neticesi sayıyorlardı. Sokak küfürlerinin kendince uzmanları da ortaya çıkmıştı: Bunlar, olası her durumda sonsuzcasına yakası açılmadık küfürler savunabileceklerini söyleyip böbürleniyorlardı.

Finlandiyalı genç subaylar ise büyük bir enerjiyle hayata yeni bir akış getirdiler. Diyorlardı ki:

"Kışla, bizim aile ocağımızdır. Bizim üniversite kürsümüzdür. **Rahipler için kilise neyse, bizim için de kışla odur**. Burada, kadınların arasında olduğumuzdan daha düzgün davranmak gerekir."

Böylece bu genç subaylar, sözleriyle de, örnek olarak da asker kitlesini eğitiyorlardı:

"Kışlayı bir ayyaş meyhanesine ya da helâya çevirmeyin. Yerlere tükürmeyin, yerlerin temizliğine dikkat edin. Kaba küfürler etmeyin, dilinizin temizliğine yoldaşlarınızın kulaklarının temizliğine dikkat edin. Kaba bir küfür, köpek havlamasından kötüdür. Yiğitliğinizi göstermek istiyorsanız asil ve güzel olan başka bir yol bulun; örneğin,

– Sporla uğraşın. Güzel ve uzun yüzmeyi, hızlı kızak kaymayı, güreşte önde olmayı, diğerlerinden daha uzun ve yüksek atlamayı öğrenin.

– Şarkı söylemeyi, şu ya da bu müzik aletini çalmayı öğrenin. Güzel dans etmeyi öğrenin.

– Topluluk içinde davranmayı öğrenin. Sohbeti ilginç biri olmaya çalışın. Öğütleri okuyun ve dinleyin. Onları unutmayın."

Genç subaylar böylece öğrencileriyle en yakından ilgilenen pedagoglar haline geldiler. Askeri tatbikatlarda da bir saat tatbikata ayırıyorlarsa bir saat de askerlerin eğitimine ayırıyorlardı. Savaş oyunları, akşam toplantıları, eğlenceler tertipliyorlardı. Askerlere, koro ve müzik toplulukları, dans grupları, resim grupları kurmayı öğretiyorlardı.

Okuma yazması zayıf olanlara ise öğrencileriymiş gibi davranıyorlardı. Akşamları okumalar yapıyorlardı. Onlarla sohbet ediyorlardı. Farklı ulusların en iyi hikâyelerini, kahramanların maceraları ve yiğitlikleriyle ilgili heyecanlı hikâyeler okuyorlardı. Ülke ve dünya tarihinin puslu tablolarını perdeye yansıtıyorlardı. Suomi'nin ve başka ülkelerin şehirlerini ve muhteşem doğasını gösteriyorlardı.

Çokları, her bir askerin yurduna döndüğünde vatanın yararına hizmet edebileceğini söylüyordu sık sık.

"İnlerindeki köstebekler gibi yaşıyorlar orada insanlar. Ne görüyorlar, ne işitiyorlar peki? Ve siz de inlerindeki köstebekler gibi olacaksınız: O köstebekler gibi inlerinize döndüğünüzde utanç duyacaksınız. Yeni bir hayatın elçileri olun. Ücra köylerinizdeki atıl aklı dürtün ve uyandırın. Yeni muhafızları olun aklın. Barışçıl, uygar emeğin muhafızları."

Her ülkenin ordusunda diğerlerinden daha şanlı alaylar olur. Kahraman alayları. Hem onlar kendilerine, hem de başkaları onlara "ölüm alayları" derler. Ölüm süvarileri, ölüm ağır süvarileri, ölüm okçuları, ve saire. Bu, onların, gerekli olduğunda savaşta son fertlerine kadar ölmeye hazır oldukları anlamına gelir. Bunlar gerçek kahramanlardır. Ama vatan için ölmek kadar büyük bir kahramanlıktır vatan için yaşamak da. Vatanın çiçeklenmesi, kendi ulusunun çiçeklenmesi için öğretmek, çalışmak.

"Sizin orada nasıl işliyorlar toprağı, nasıl ekiyorlar buğdayı, nasıl hasat ediyorlar?"

"Sizin orada nasıl üretiyorlar süt ürünlerini, nasıl hazırlıyorlar orman ürünlerini?"

"Zanaatları nasıl görüyorlar?"

"Sizin orada kocalar, karılarına nasıl davranıyorlar?"

"Ana-babalar çocuklarını nasıl eğitiyorlar?"

Ulusun akılcı düşündüğü ülkelerde bütün bunları nasıl yapıyorlar? Neden herkes övüyor ve büyük paralar ödüyor İngiliz dokumasına, Çek cam işçiliğine, Hollanda balığına, İrlanda koyununa, Fransız şarabına, Danimarka yağına, Brüksel danteline, İsviçre sığırına, Amerikan bağına, Rusya kürküne ve derisine, İsveç kartonuna, İsveç kibritine? Çünkü, oralarda bu ürünleri daha iyi, daha güzel yapıyorlar.

"Bizde de öyle olması için bütün çabanızı harcayın," diye durmaksızın öğütlüyorlardı Finlandiyalı genç subaylar askerlerine. Finlandiya'da da bunların nasıl başarılacağını açıklıyor, öğretiyorlardı. "Kim yapacak bunları? Köydeki eğitimsiz babalarınıza ve kardeşlerinize kim öğretecek? Bataklıklar ve balta girmemiş ormanlar arasındaki o ücra yerlere kim gidecek?" diye soruyorlardı bu asil pedagoglar askerlerine ve cevap veriyorlardı: "Siz! İlkin, siz! O zaman köyleriniz, yurtlarınız, sizin uzun süre kışlalarda kalmış olmanızla hiçbir şey kaybetmeyecek. Tersine, paha biçilmez hazineler olarak döneceksiniz onlara. Yontulmamış kütükler gibi girdiniz kışlalara ve canlı ışıklar, kudretli ve mucizeler yaratacak ateşler olarak dönüyorsunuz."

Ve böylece, Fin ordusunun genç subayları, o vahşi, doğal zenginliklerden yoksun Suomi'lerinde büyük bir uygarlık kuvveti oldular. Şimdi ülkede, kocaman bir fabrika gibi, binlerce makine çalışıyordu.

Askerler ordudaki üstlerine değer veriyorlardı. Onları sevmişlerdi. Askerlikleri sırasında üzmemeye çalışıyorlardı onları; bu engel tanımaz, gösterişsiz yoldaşlarının davranışlarını örnek alıyorlardı kendilerine. Yurtlarına döndükten sonra da subaylarıyla yazışıyorlardı genellikle. Askerliklerini şükranla anıyorlardı. Hayata şimdi başka gözlerle baktıklarını anlatıyorlardı onlara. Planlarını, tasarılarını yazıyorlardı. Öğütlerini bekliyorlardı. Kitap, gazete edinmek için yardımlarını istiyorlardı.

Bütün ülkede, en ücra yerlerine kadar, kışlaların ahalisiyle halk arasında muazzam, sıcak manevi bağlar ortaya çıkmıştı. Kışla, yeni, kültürel olarak sağlam, kültürel olarak muhteşem bir halk hayatının kumaş gibi dokunduğu kocaman bir dokuma atölyesi haline gelmişti.

Ulusun korktuğu yerler olmaktan çıkmıştı kışlalar. Kışlaya değer vermeye başlamışlardı. Şehirlerde ve köylerde ana-babaların aylak, hayta ya da hödük oğullarıyla ilgili şöyle konuştuklarını işitmek mümkündü:

"Şu askerlik zamanın gelse artık! Belki kışla adam eder seni!"

"Kışla, delikanlıyı eğitir," diyordu komşuları. "En adi namussuzlardan bile insan yapıyorlar orada. Pekku Juksenn'i hatırlayın, Rudja Antonin'e bakın: Bunlardan adam olmaz gibi görünüyordu. Ama askerden dönünce ikisi de örnek gençler olup çıktılar. Keşke bizim oğullarımız da öyle olsalardı. Demek ki kışlalar gençleri bizden, bizim ailemizden daha iyi eğitiyor."

"Evet, evet, evet," diye onaylıyordu daha yaşlı olanlar. "Gerçekten de, körmüşüz biz. Bildiğimiz pek az şey varmış. Kötü yaşıyormuşuz. Tanrıya şükür, yeni insanlar yeni türlü yaşamaya başlıyorlar: Hayatlarını daha iyi, daha akıllı, daha güzel kuruyorlar."

Kışla da zihnen ve ahlaken olgunlaşıyordu. Zihnen ve ahlaken yüceltiyordu ulusu, tıpkı iyi mayanın hamuru kabartması gibi.

IX

FUTBOL

Napolyon'un Fransa'da iktidara gelmesiyle Avrupa'da savaş dinmedi. Napolyon, kelimenin tam anlamıyla, bütün Avrupalı komşularıyla savaştı, başlıca hedefi de güçlü İngiltere üzerinde zafer kazanmaktı. Ama İngiltere de Napolyon'u ezmeyi hedefliyordu.

Napolyon Rusya'yı da savaşla tehdit ediyordu. Bu yüzden Rusya, 1808'de, Napolyon ile çıkacak bir savaş durumunda elleri bağlı olmasın diye İsveç'le savaşı aceleyle bitirdi. Ve beklediği oldu. Napolyon, yirmi ulusu Rusya'ya karşı birleştirdi, Moskova'ya kadar geldi ve orada yıkıma uğradı. Tüm gövdesini ölümcül şekilde çarpmıştı Rus ulusuna.

Büyük bir yenilgiyle döndü Fransa'ya. Doğru: Şanını ve gücünü yeniden kazanmaya yönelmişti ama İngiltere bütün Avrupa'yı Napolyon'a karşı ayağa kaldırdı ve nihai darbeyi indirdiler. St. Helena Adası'nda da icabına baktılar.

Napolyon savaşlarıyla bitkin düşmüş olan Avrupa ulusları talihliydiler: İngiltere, bunca belanın sorumlusunu dize getirmişti. Böylece şükranla eğildiler İngiltere'nin büyük enerjisinin önünde. İngiltere'ye karşı hayranlığa kapıldılar ve ona öykünmeye başladılar. İngilizlere benzemeye çalışıyorlardı şimdi. İngiliz olan her şey modaydı. Ama kendinden yaşlılara öykünen çocuklarda ve ilk gençlerde olduğu gibi yanlışlar, hatta rezillikler de başladı: bunlar sigaralarını tüttürür, kalitesiz alkol içer, bağıra çağıra konuşur, yakası açılmadık küfürler savururlar. Küçük, medeniyet sırasında henüz genç, zihnen olgunlaşmamış uluslarda da böyle oldu. Bunlar, İngilizlerin görünüşündeki, genellikle gülünç hatta çirkin özelliklerini benimsediler. Sapkın İngiliz yaşam tarzının kötü kopyaları olup çıktılar.

Yetişkin, hali vakti yerinde kimseler, İngilizler gibi, yarışlara bir sürü para döküyorlardı. İngilizler gibi sodayla karışık viski içiyorlardı. İngiliz modasına uygun kıyafetler giyiyorlardı. Onlar gibi tıraş oluyor, saçlarını onlar gibi yaptırıyorlardı.

Gençlik, İngiliz sporlarına, en çok da en kötü İngiliz sporuna: futbola kapıldı. Bütün Avrupa'da, daha okulu bitirmemiş gençlik arasında futbol, kendine has bir din haline geldi. Bütün ülkelerden binlerce insan, futbolu bir kült haline getirdi. Onu bir bilime, sanata çevirdi.

Düşük maneviyatlı, cahil, kaba sokak basını, yeni yetmelerin bu tutkusuna sarıldı. Onu sömürdüler. Özel köşeler açtılar. Neredeyse her gün, bu bufalo bacaklı kahramanlar hakkında yazılar yayınlar oldular.

Snellman zamanında Finlandiya'da da benzer bir şey oldu. Finlandiya gençliği ciddi zihinsel çalışmaya henüz alışmış değildi. Yüksek idealleri yoktu henüz. Ulusun İsveçlilere duyduğu kıskançlık ve onlarla ulusal mücadele, Finlandiya'nın Rusya ile birleşmesinden sonra anlamını yitirmişti.(1)

(1) Futbol Finlandiya'da ancak 20. yüzyıl başlarından itibaren yaygınlaştı. Futbolu herhalde limanlara gelen İngiliz denizcilerden öğrenmişlerdi. İlk futbol maçı 1906'da, futbol federasyonu da 1907'de kuruldu. 1881'de ölen Snellman'ın futbolla ilgili bir şey söylemiş olması mümkün değildi. Ne var ki öğrencilerin beden eğitimiyle ilgili olduğu bilinir. Keza, Snellman'ın bir spor kulübünün onur başkanı olduğu hakkında da bilgi yoktur.

Aylak, sağlıklı ve ne yazık ki manen tembel olan Finlandiya gençliği de futbola kapıldı. Futbol, manevi bir hastalık olarak, Finlandiya'nın bütün şehirli gençliğine sirayet etti. Sonra büyük köylere yayıldı. Moda haline geldi ve bütün bir neslin düşüncelerini ve yüreğini işgal etti. Futbol kulüpleri hasta bir bedendeki sivilceler ve benler gibi, bataklıktaki sivrisinekler gibi yükseldi. Bu kulüpler o şehirden bu şehire turnuvalar düzenliyor, maçlar yapıyorlardı. Oynamak için başka ülkelere gidiyorlardı. Büyük paralar harcıyorlardı. Gençlik günlerinde, okul günlerinde, yani ömrünün baharında paha biçilmez zamanlar geçiriliyordu. Maneviyat eriyordu. Bufaloların bacakları, dönemin düşüncesinin sembolü haline gelmişti.

Snellman ve arkadaşları, gençliğin entelektüel gelişiminin yerini bufaloların kalın bacaklarının almasını kesinlikle kabul edemezlerdi. Bu kuşağın zihinsel ve manevi yoksullaşmasına ciddiyetle bakıyorlardı.

"Kıçları, dizleri ve baldırları kas yığını bu kahramanlarla ne yapacağız?" diye soruyorlardı, Suomi'nin kültürel uyanışının havarileri. "Bundan sonraki hayatları nasıl geçecek bunların? Hangi manevi yetilerle zenginleştirecekler bunlar vatanlarını?"

Snellman ve arkadaşları, vakt-i zamanında büyük Cervantes'in, İspanyolların meçhul kahraman şövalyelerin maceralarının yazılı olduğu aptal, adi romanları okumaya nasıl hastalıklı bir şekilde kapılmış olduklarını merhametsizce alaya aldığı dâhice eseri Don Kişot'u yazdığını hatırlıyorlardı.

"Değil mi ki İspanya'nın büyük dâhisi bununla mücadele etmeyi görev saymıştır, bütün bir ülkenin aptalca romanları okuyarak aptalca hayranlığa kapılması önemsenmeyecek bir iş değildir," diyordu Snellman ve arkadaşları:

"Cervantes, İspanya'nın aptalca fikirler sunan romanlarını

okuyan okur kitlesindeki büyümenin, ülkenin bütün okumuş yazmış insanlarının zihinsel tembelliğinin işareti olduğunu görüyordu. İnsanlar, vatanlarının daha iyi bir hayata kavuşması için uğraşmak istemiyorlar. Uluslarının iktisadi, zihinsel ve ahlaki mükemmelleşmesi için çaba harcamak istemiyorlar. Apaçıktır bu! Ne fikirleri, ne yürekleri, ne iradeleri zaruri istikamete yöneliyor. Çalışmak istemiyorlar!

İnsanlar bu suretle kendilerini kandırıyorlar. Günler, aylar, yıllar, uyduruk olaylarla dolu romanları okuyarak geçiyor. Önemli işlerle meşgul olduklarını düşünüyorlar... Ama ülkede eğitimli, medeni emekçiler yok. Ulusun aklı uykuda. Cehalet yayılıyor. Ulusal kabalık ve sefalet büyüyor. Ülke, devamlı olarak yoksullaşıyor. Ahlaki, zihinsel ve iktisadi bir iflasa yaklaşıyor. Bir şeyler okumuş, vatanın onlardan yardım beklemeye hakkı olduğu insanlar neredeler? Aptal, eğlence kitaplarını okumakla zil zurna sarhoşlar."

"Heyhat! Dâhi yazarların fikirlerini ve önemlerini kimse anlamıyor bizde," diye yakınıyordu Snellman:

"Çağımız, ulusumuz kendi Cervantes'ine, liliput ulusuna dair dâhice satirleriyle kendi Swift'ine muhtaç. Liliput fikirleriyle, liliput siyasetiyle, liliput ruhuyla dolu ulus hakkında satirler!"

Ve Snellman, dostlarıyla birlikte karar aldı:

"Cervantes'in dehası yok bizde, Swift de olamayız biz, ama aklımız ve yetilerimiz kâfi geldiği ölçüde ülkemizde onların büyük davalarını devam ettirebiliriz... Vebanın, koleranın ve tifüsün mikropları görünmezdir: Küçüktürler bunlar ama koca koca eyaletleri yok ederler. Toplumda ve ulusta da manevi hastalıkların mikropları geziniyor. Belki bunlar koleradan bile tehlikeli mikroplardır."

Bataklıklar ülkesi Finlandiya'da malarya ve tüberküloz çok yaygındı. İlkinden ağır ıstırap çekiyordu halk, tüberkülozla ise kırılıp gidiyordu. İsveçliler buna pek aldırış etmiyorlardı. Şimdiyse, Snellman ile birlikte, tüberküloza karşı savaş açılmıştı.[1]

"Ama bir de fikir tüberkülozu, irade tüberkülozu, ruh tüberkülozu vardır," diyordu Snellman:

"Ve gençliğimiz, neredeyse hiç istisnasız, bu manevi tüberküloza yakalanmıştır. 5-15 sene sonra yaratıcı bir hayatın eşiğini geçecek olan kimseler arasında manevi tüberkülozun yayılmasına gözlerini kapamak mümkün değildir. Bununla mücadele etmek gerektir."

* * *

Birinde, futbolcular büyük bir kutlama yapıyorlardı; önde gelen futbol kulüplerinden biri onuncu yılını kutluyordu. Böylece bir maç düzenlendi. Maçtan sonra kutlama konferansı yapıldı. Bir sürü konuşmacı çıktı. Başka sporlara gönül vermiş olan kimseler de katılıyordu. Bunlar arasında Snellman'ın arkadaşları da vardı. Müsabakalara katılan büyük kulüplerden birinin onur başkanı, Snellman'dı. Konferansta şöyle konuştu:

"Fin gençliğimizin sporla ilgilenmesinden mutluyum. Muhtelif ve önemli beden eğitimi uygulamaları, eğitimde büyük bir önem taşır. Bilgeler ulusu olan eski Yunanlar jimnastiğe, güreşe koşuya, uzun atlamaya büyük itibar gösterirlerdi. Beden eğitimi, vücudun elastisitesini ve atikliğini geliştirir. Vücut bu sayede kıvraklaşır, yürüyüşler hafifler, hareketler süzülürcesine bir estetik kazanır.

---

(1) Bu da abartılı görünüyor, zira Snellman, tüberkülozla mücadelede büyük bir rol oynamamıştı. Finli doktorlar ancak 1893'te bu mücadeleye örgütlü bir şekilde atıldılar, ilk dispanser de 1903'te kuruldu. Tüberküloz ancak bu tarihlerden sonra düşme gösterdi.

Çoğu zaman sıkışık ve havasız mekânlarda uzun süreli oturmayı gerektiren şehir hayatı, vücudu deforme edebilir. Kasları zayıflatır. Kanı zehirler. İnsanlar miskinleşirler. Buna bir de iyi planlanmamış, akılsızca uzun tutulan okul eğitimi, canlı bilgilerin yerini okul skolastiğinin alması, beynin kitap ezberleriyle; tarihlerle, isimlerle, ölçülerle, formüllerle, ölü kanunlarla doldurulması eklenmelidir.

Almanya'da öğrencilerin çoğu gözlük takar. Gözleri bozulmuştur. Şehirlerde çocukların çoğunun omurgaları bozulmuş, göğüsleri içeri göçmüş, bacakları incecik, kolları güçsüz, yüzleri solgundur; havasız kalmış bir bitki gibi zayıf görünürler. Keşke insanları şehirlerden çıkarabilseydik. Keşke onları koşmaya, zıplamaya, çayırın üzerinde güreşmeye, derin derin nefes almaya zorlayabilseydik.

Yunanlar böyle yaparlardı. Biz de böyle yapalım. Ama Sokrat'ın çağdaşları, Fidias ve Perikles, hayata yönelik bilgece bir kural getirmişlerdir: "İfrattan kaçının!" Bu, aşırılıktan uzak durmak demektir. Tek yönlülük yanlıştır. Her şey ölçüsünce olmalıdır. Her şey zamanında yapılmalıdır. Yerinde yapılmalıdır.(2)

Bundan başka, Sokrat'ın çağdaşları olan Eshilos ve Aristofanes, insanların zihinsel çalışmadan kopmalarını, entelijensiyanın ölümünü ve zayıflamasını bütün güçleriyle alaya alırlardı.(3)

Deliliğe Övgü adlı ölümsüz satirin büyük yazarı, kurbağa yavrusu dediği kitap kurtlarını, kuru teorisyenleri acımasızca hırpalar.(4)

---

(2) Sokrates (M.Ö. 470?-399); Fidias (Ö. y. M.Ö. 432), Atinalı ünlü heykeltıraş; Perikles (M.Ö. 490-429), Atinalı ünlü komutan.

(3) Eshilos (M.Ö. 525-456), "trajedinin babası"; Aristofanes (M.Ö. y. 445-y. 385), "komedinin babası".

(4) Rotterdamlı Erasmus (1496-1536).

Güliver'in dâhi yazarı Swift,[1] kurbağa gibi şişinip kendilerini büyük insanların ulusu gibi takdim eden cüceler ulusu liliputların hayatının bütün veçhelerini alaya almak için sayfalar ayırmıştı.

Onca sayfadan başka koca bir bölüm de ayırmıştı, liliputların çirkin eğilimlerini, çirkin hayatını istihzayla tasvir etmek için. Liliputların daracık omuzlarının üzerinde incecik boyunlarında kocaman, şiş kafaları vardı. Bütün hayatları kitabi formüller, geometrik çizimler üzerine kuruluydu ve her şeyleri de, tıpkı kendileri gibi, tiksinti verici ve çirkindi.

Dostlarımla birlikte hayalini kurduğun gelecekteki Suomi'nin bu liliputlar ülkesine benzemesini istemiyorum ben. Liliputlara ihtiyacımız yok bizim. Ama Finlandiyalıların güçlü bacaklı, fakat zayıf beyinli bir halk haline gelmesini de istemiyoruz. Aşağıya bakıyorsun, bacaklar bufaloları andırıyor; yukarı bakıyorsun, koyun kafası: Mukavva kutuya benzer boş, hafif bir kafatası – bu tablo heyecan vermiyor bize, küçük ulusumuzun yüceliğine dair kurduğumuz hayallerle örtüşmüyor.

Finlandiya'da futbolun başarılarıyla kendinizden geçiyorsunuz. Mutluluktan bağırıyor, gururlanıyorsunuz, 'Güçlü Bacaklar' kulübünüz komşu ülkelere, İsveç'e, Norveç'e, Danimarka'ya maçlara davet ediliyor ve 'Güçlü Bacaklar' ta Macaristan'a gitti de orada maç kazandı diye. Sizin mutluluğunuz bana mutluluk vermiyor.

Değerli Suomi'mizde şu isimlerde birkaç kulüp olsaydı mutlu olurdum ben de: 'Güçlü Fikir', 'Büyük Dava', 'Beyaz Kanvas', 'Temiz Vicdan', 'Yeni Fikirler', 'Mekaniğin Gururu', 'Tok Ulus'...

Siz genç Finlandiyalıların sadece Macarları değil Almanları, Fransızları, İngilizleri de, topu tekmeleyerek değil, bilimler, us-

(1) Jonathan Swift (1667-1745).

talık, ticaret, zanaat, bilge kanunlar alanında, ulusun vatanını daha iyi bir şekilde kurma mücadelesinde kafanızla, yüreğinizle, iradenizle yenmenizi dilerdim.

Bu mücadelede futbolcuların çarpık bacaklarıyla fazla ileri gidemezsiniz. Başınızla topa vurmak için, alnınız sert olmalı ve sert alında koyunda var. Finlandiya'nın gençliğinin gurur duyacağı bir şey olduğuna emin değilim, koyun kafalı olmanın.

Gidin ve Sokrat'ın resmini, ünlü Herkül heykeliyle karşılaştırın. Sokrat'ın portresinde bilge bir kafayı yansıtır gözler, geniş mi geniş alnı ise kavrayışlı bir beyni. Sanki beyin sığmaz gibidir bu alna; öylesine büyüktür. Sokrat'ın alnı ve kafası öyledir.

Şimdi de, Herkül heykeline bakın. İlkin güçlü, ağır, kaslı yapısı şaşkına uğratır bizi, eski Yunan mitlerinin bu kahramanının. Bu güçlü gövde, kütüğü andıran kalın bacakların üzerinde yükselir. Pazıları, katlanmış yelkenler gibidir. Geniş omuzlar, yüksek bir göğüs. Bir öküz boynu, başı ise ölçüsüzce küçük. Dar bir alın. Bütün bunlar size, karşınızda devasa bir fiziksel ama ona denk düşmeyen entelektüel ya da manevi kuvvet olduğunu söyler. Herkül, güçlü bir beden yapısına sahip, sağlam kemikli, demir kaslı bir adamdır, ama büyük bir akla sahip biri, bir fikir ve maneviyat şövalyesi değildir.

Ben size, Sokrat'ın veya Herkül'ün kafasını seçmenizi önermiyorum. Size şunu öğütlüyorum: Bufalo bacaklarına sahip olmaya çalışırken Sokrat'ın kafasını ihmal etmeyin. Taş gibi sağlam bir koyun kafası olmasın. Genç Finlandiya'ya, sadece deri bir top peşinde koşmayı becerebilen insanlar lazım değil. Fin ulusunun iktisadi, sosyal, zihinsel ve ahlaki hayatının güçlü motorları lazım.

Medeni ulusların hayatlarını onların talaşlarıyla, çöpleriyle birlikte anlamaya, kavramaya başlayan, yeterince medeni olmayan ulusları, acınası şarlatanları örnek almayın kendinize. Bunlar Paris'te café-chantant'ları öğrenirler. Almanya'da birahanelerden başlarlar. İngiltere'de futbol topuna sarılırlar. Fikirlerin tapınaklarına gidin siz. Binlercesi Almanya'da 'Tugenbund'u, 'Erdem Birlikleri'ni doldurmuş ve doldurmaya devam eder gençliği örnek alın. Kendi maneviyatınızı geliştirmek için çalışın. Atasözünü unutmayın: Sağlam kafa sağlam vücutta bulunur.

Unutmayın: Finlandiya gençliği, göreviniz, ağır bir topun peşinde koşmak değil, ulusunuzu yüceltmektir. Vatanınızı hızla geliştirmektir."

X

ANA-BABALAR VE ÇOCUKLAR

Snellman ve arkadaşları, Finlandiya'nın gelecekteki uyanışına dair bütün umutlarını, gençliğin bilgece eğitimine bağlamışlardı. Gençlik, onun en büyük sevdası ve aynı zamanda en acılı yeriydi.

Snellman ne söyleyecekse gençlerin gözünün içine bakarak söylerdi ama yaşlıların karşısında onları daima savunurdu, bilhassa da yaşlılar, her yerde ve her zaman olduğu gibi, gençleri ahlak dışılıkla suçlayıp kınadıklarında ya da onlardan bir halt olmayacağını iddia ettiklerinde. Snellman, yaşlılara şöyle derdi:

"Gençliği görmeyin karşınızda, kendinizi görün. Gençlik, siz onu nasıl yetiştirdiyseniz öyle. Nasıl yetiştiriyorsunuz gençliğinizi? Yetiştirdiğiniz filan yok! Anneler ev işleriyle meşgul: mutfakla, alışverişle, temizlikle, çamaşırları yıkamakla. Babalar memuriyetle, ticaretle, iş güçle meşgul. Akşamları meyhanelerde ve kulüplerde oturuyor, kumar oynuyorlar. Çocuklarla meşgul oldukları yok; zaman bulamıyorlar, ağır ve sıkıcı geliyor onlara.

Çocuklarla konuşmuyorlar. Onların hayatıyla ilgilenmiyorlar. Zaman bulunca biraz okşuyorlar başlarını, şekerleme, oyuncak veriyorlar, sonra da diyorlar ki: 'Peki, şimdi gidin bakayım çocuklar!' Yani demek oluyor ki: 'Kaybolun gözümün önünden. Ne istiyorsanız yapın. Yeter ki bizi rahat bırakın.'

Çocukluk yılları, çocuk aklı, çocuk ruhu, vahşi bir tarla gibi bomboş kalıyor. İyi hiçbir şey ekilmiyor ona. Çocuklarla iyilik, hakikat, sevgi üzerine konuştuklarında da üstünkörü, sıkıcı, başkalarına ait sözlerle konuşuyorlar. Ne istiyorlar çocuk aklıyla ilgilenmeyi, ne de becerebiliyorlar. Onların hassas, her şeyi almaya hazır ruhlarını ısıtmıyorlar.

Açıkça söyleyecek olursak, çocuklar ana-babalarının yanında, sayısız yengeleri ve enişteleriyle bir arada, evlerinde yetimler gibi büyüyorlar. Belki karınlarını iyi doyuruyorlar çocukların, giydirip kuşandırıyorlar, sağlıklarıyla ilgileniyorlar, ama çocuk aklının ve ruhunun sağlığını, temizliğini, beslenmesini pek az düşünüyorlar. Hakikaten, çocuklarımızın nasıl olup da daha kötü olmadıkları, şaşılacak şey.

Çocuklar büyürken, her şeyi anlamaya, işitmeye başlarken neler hissediyorlar, etraflarında, ailelerinde olup biteni nasıl görüyorlar?

Eğer şehirlerin ve köylerin sokaklarında ve meydanlarında, evlerin avlularında yığınla çöp, mikroplu pislik olursa, bu evler temizliğe dikkat etmiyor diye herkes sitem eder ama kimse, bu yerlerde halkın sağlığının berbat bir durumda olmasına, insanların hastalanmasına ve binlercesinin sinek gibi ölüp gitmesine, dejenere olmasına hayret etmez.

Ana-babalar, içtenlikle düşünün ve söyleyin: Çocuklarınızın karakterlerinin meydana çıktığı ve şekillendiği aile ortamlarınız yeterince akıllı ve ahlaki mi?

Çocuklara diyorlar ki: "Yalan söyleme, kimseyi kandırma! İyi değil öyle yapmak, pek fena! Günah. Tanrı da sevmez böylesini, cezalandırır." Ama kendileri yalan söylüyor, kandırıyorlar. Birbirlerine yalan söylüyorlar. Diğerlerine yalan söylüyorlar. Çocuklara yalan söylüyorlar. Diyorlar ki: "Kimseye yalan söylemeyin, kaba ve kötü olmayın." Ama kendileri kaba ve kötüler, yalancılar. Konuşuyorlar ama dediklerini kendileri yapmıyorlar.

Çocuklar hemen fark ederler bunu. İlkin şaşırırlar. Yürekten inandıkları, güvendikleri annelerinin ve babalarının, fena, çirkin, günah dedikleri şeyleri kendilerinin yapıyor olmalarını anlamazlar. Sonra onların kendi dediklerini yapmadıklarını anlamaya başlarlar. O zaman ana-babalarına saygı duymayı bırakırlar. Neyin iyi, neyin fena olduğu hakkında söylediklerini dinlemezler. İyilik ve kötülük hakkındaki konuşmaları sıkıcı, gereksiz şeyler olarak dinlerler.

Ana-babalar, küçük çocukların onları dinlemediklerinden, dik başlı ve şımarık olduklarından devamlı şikâyet ederler. Ama ilk kim şımartmış, yoldan çıkarmıştır çocuklarımızı? Bizim sözlerimizi dikkate almamayı onlara kim öğretmiştir? Biz kendimiz, anne ve babalar.

Çocuklardan sevgi, saygı ve itaat istemeyin. Buna tehditlerle, hakaretlerle, cezalarla erişebileceğinizi düşünmeyin. Çocukların karşısında, onların size saygı duyacağı, erdemlerinizle seveceği şekilde davranın.

İncil'de, Yahudi ulusunun lideri Musa'nın sürüsünü Sina Dağı'nın yakınlarında otlattığının ve orada çalıların yandığını, ama bir türlü yanıp tükenmediğini gördüğüyle ilgili bir mesel anlatılır. İncil'de, Musa'nın bu durumun nedenini merak ettiği söylenir. Çalıya yaklaşır ve bir ses duyar: 'Çarıklarını çıkar. Çünkü bastığın yer kutsal topraktır.'[(1)]

Bu masalda, bütün çağların insanları ve ulusları için derin bir fikir yatar, eğer bu insanlar ve uluslar büyük bir davayı gerçekleştirmeyi tasarlıyorlarsa. Mesel der ki: Büyük, arı ve aydınlık bir davaya kirli eller ve ayaklarla yaklaşma. Arı bir dava te-

(1) Eski Ahit, Çıkış.3:5.

miz eller gerektirir. Büyük bir davaya ciddiyetle hazırlanıp yaklaşmak gerekir.

Çocukları olan her aile, yanan canlı bir çalıdır. Ve nasıl da kirli eller ve ayaklarla, nasıl da pasaklı kıyafetler içinde yaklaşıyoruz bu çalıya! Analar ve babalar evlerine pespaye kıyafetler içinde, yarı çıplak, kirli çamaşırlarla giderlerse, konuşmaları, davranışları, çocuklarla ilişkileri de temizlikten fersah fersah uzaktır.

Ana-babaların çocuklarının karşısında giriştikleri tartışmaların kabalığı ve düşüklüğünden söz etmedim bile henüz. Ana-babalar sık sık incitirler birbirlerini, sonra da çocuklarına derler ki:

'Bakın çocuklar, ne rezil bir babanız var!'

'Gurur duyun, böyle bir ananız var!'

Ve arkasından yeni kabalıklar, yeni hakaretler! Evdeki barışçıl bir konuşmayı alın örneğin. Her yandan dedikodular toplanır. Boş, sıkıcı gevezelikler. Anlamsız şikâyetler. Parasızlık, ıvır zıvır, işyerindeki boş işlerle ilgili sefil laflar.

Çocukların 15-20 yıl boyunca kurbağalar gibi gömülü olduğu bir bataklık çamuru! Sonra da yetişkinler, gençlik neden kartallar gibi süzülmüyor gökyüzünde, neden çocukları kanatsız diye şaşırıyorlar.

İzninizle sorayım size, anneler ve babalar, böyle bir eğitimle kanatlanabilirler miydi çocuklarınız? Ya da belki, daha en başta siz kırmışsınızdır o kanatları?

Çocuklar ilkgençliğe girip genç kız ve delikanlı olduklarında gelecekteki hayatları ve işleri üzerine konuşmaya girişirsiniz. Onları nasıl ve nereye vereceğinizi düşünürsünüz. Mühendislik mi, memuriyet mi, ticaret mi, yoksa doktor ya da avukat mı yapacağınızı. Uygun bir meslek, uygun bir memuriyet ararsınız. Kızlara da uygun damat adayları.

Para, para, para. Çocukları çok daha iyi 'yapmak' istersiniz. Yumuşak, sıcak hamur gibi. Ve bunun, çocuklara sevginizin gereğini yerine getirmek olduğunu düşünürsünüz.

Lev Tolstoy güzel söylemiştir bu mevzuda: 'Hayattaki ağır 'keşmekeş'in başlıca nedenlerinden birisi, herkesin hayatta kendine 'iyi bir yer edinmek' istediği halde kimsenin bizatihi hayatı 'kurmak' istememesidir.' Herkes hayattan bir şeyler almak ister ama kimse ona bir şeyler vermeyi düşünmez. Böylece egoistler, soyguncular, sömürücüler, asalaklar olarak atılırlar hayata. Hayatın anlamını bu asalaklıkta görürler.

Ve aile içinde geçirdikleri onca yıl boyunca çocuklarına da aşılarlar bu "bilgeliği". Kim aşılar? Ana-babalar! Çocuklar ve gençlik, bencil kimseler olarak büyür, bir tek kendilerini severler; zayıf ve acınası ruhlara sahip kimseler olarak. Tembel. Safahat düşkünü. Şehevi. Hovarda.

Nihayetinde ne bir kimseye, ne de bir şeye; ne vatana, ne insanlara, ne emeğe, ne büyük ideallere, ne ana-babalarına ve ne de kendilerine karşı sevgi de, saygı da duymazlar.

Ne ekerseniz, onu biçersiniz.

Neyi pişirirseniz, onu yersiniz.

Yaban otlarının: Isırganların ve deve dikenlerinin bittiği ıssız bir bozkıra çevirip bırakıyorsunuz çocukların aklını ve ruhunu.

Analar ve babalar, çocukları böyle: eğitimsiz, akılları ve yürekleri zekâca ve sevgice gelişmemiş halde bırakmayın artık. Ahlaksızca bir iş bu, bir suç. Sadece sizin şahsi aile meseleniz değil. Sosyal, ulusal, devletsel bir mesele.

Dilediğiniz gibi anayasalar, seçme ve seçilme hakları hazırlayın, en liberal kanunları yazın, sosyalizmin ya da komünizmin mucizevi gücüne inanın, ama eğer yüz binlerce çocuğumuz önemsiz, anlamsız kimseler olarak adım atıyorlarsa hayata, her tür parlamentoda sefil, zavallı, çirkin kalır hayatımız. Memurlar özensiz olur. Bakanlar siyasi yalancılar olur. Milletvekilleri, ulusun hesabından karaborsacılık yaparlar. Okullar, yeni nesillerin aklını ve yüreğini kurutan yerler olup çıkar. Basın ise kendi cazibesini satarak yaşayan bir sokak güzeline benzer.

Ulus kitleleri, içlerinde daha yüksek sınıflara karşı öfke ve kıskançlık, intikam, kendilerinin üzerinde bulunan ya da anlayamadıkları her şeyi devirme arzusu büyüyen aç veya tok sürüler haline gelirler.

Ülkenizin geleceğinin sizden beklediği bu değildir. Yeni Suomi, İncil'de yazıldığı gibi, içinde yeni şaraplar demleyeceğimiz yeni deri tulum olmalıdır. Bilge ve haysiyetli bir devlet yapısı şarabı. Ulus kitlelerinin yaratıcı ve kudretli aklı, vicdani ve iradesi şarabı. Herkesin tokluğu, ortak refah, akla dayanan şahsi ve ulusal bir hayatın kendi kendini serbestçe kurmasının genel kuralları şarabı.

Analar ve babalar, yeni bağcılar olmak istiyor musunuz? Ailelerinizin yeni üzümlerini başka türlü işlemek ve onları yeni, daha iyi bir bağa dikmek istiyor musunuz?"

Snellman ve arkadaşları, panayırlarda ve köylerde buna benzer yüzlerce konuşma yaptılar. Ana-babalar onları dinliyor ve çocukların, gençliğin daha iyi nasıl eğitileceğini düşünmeye koyuluyorlardı. Çocuklarının gelişimi ve karakteri karşısında büyük sorumlulukları olduğunu kavramaya başlamışlardı.

Birçok yerde aile birlikleri ortaya çıktı. Ana-babalar buluşuyor ve gençlerin yetiştirilmesinde karşılaştıkları açmazları tartışıyorlardı. Tecrübelerini paylaşıyorlardı. Seçkin pedagog ve psikologları da davet ediyorlardı. Bunlar, bütün ülkede dolaşıyor, çocukları nasıl yetiştirmek gerektiğine dair konferanslar veriyorlardı. Tecrübe ve bilimsel gözlem sayesinde, çocuk ruhunun doğasını açıklıyorlardı.

Çocuk ruhunun yetersizliklerinden ve hastalıklarından, onu iyi etme yollarından bahsediyorlardı. Ziraatçıların ulusa, daha iyi cins yonca, patates ya da domuz büyütmeyi öğrettikleri gibi, yetenekli pedagoglar, çocuk ruhunun uzmanları da her bir anne ve babaya, ister biri temizlikçi diğeri duvarcı olsun, ister biri dokumacı diğeri çizmeci olsun, ister köylü ister işçi olsun, toplumun akıllı ve erdemli hizmetkârlarını nasıl yetiştireceklerini öğretiyorlardı.

Zihnen ve ahlaken uyanmış ve yeniden doğmaya başlamıştı Fin ailesi.

XI

KAROKEP

Snellman'ın etrafında bir Fin entelijensiyası şekilleniyordu. Bu çevre ağır ağır, ama aralıksız suretle, yeni medeniyet emekçileriyle doluyordu. Helsingfors Üniversitesi'nin genç profesörleri, ücra köylerin ruhbanı, birkaç önde gelen tacir ve fabrikatör, çok sayıda doktor, devlet memuru, taşra avukatı da Snellman'cılar arasına katıldılar.

Yeni fikrin fidanları Finlandiya'nın bütün bölgelerine nüfuz etti. Bir tür moda değildi bu. Üyeleri ve başkanları listelerde adları yazılı ölü ruhlardan ibaret olan "Aydınlanma" ve "Kültür" derneklerinin eğlencesi de değildi.

Herkes emek harcıyordu burada. Kelimenin tam anlamıyla kültür misyonerleriydiler. Yorulmak bilmeden, fedakârca çalışıyorlardı. Esinle. Eski kitaplar satın alıyorlardı. En iyilerini seçiyorlardı. Önde gelen kütüphanelerin yardımıyla köylere gönderiyorlardı bunları. Değiş tokuş ediyorlardı sonra, bir yerden diğerine gönderiyorlardı. Popüler okuma günleri düzenliyorlardı, ilkin ayda iki-üç defa, ama sonra her hafta: hijyen, tarım işleriyle ilgili konferanslar. Ahlak ve vicdan meselelerini tartışıyorlardı. Çalışmalarında öne çıkan en iyi ve yetenekli hocaları seçiyorlardı. Onları ülkenin her yanına gönderiyorlardı.

Böylece, yüzlerde seyyah hocadan oluşan kendine has bir halk üniversitesi meydana geldi. Bunların hepsi de iyi konuşmacılar, ilginç kimselerdi. Güçlü, esin verici fikirlere sahip insanlar. Akla gelebilecek her türlü bilgiyi yayıyorlardı ulusa. En sağırlarda bile yeni fikirler uyandırıyorlardı. Her bir insanda bir şeylerle meşgul olma, kültürel aydınlanmaya ve vatanın inşasına girişme arzusunu uyandırıyorlardı.(1)

Eskiden bir âdet vardı: Buna göre zenginler ölürken bir miktar (bazen de epeyce büyük) para bırakırlardı, hayır dernekleri denen tapınaklara. Şimdiyse daha ziyade oralara değil, halk eğitimine bırakılıyordu paralar. Ülkenin farklı yerlerinde kütüphaneler, okuma salonları, ders salonları ve kültür kurumları için evlerini bağışlıyorlardı.

Dokunaklı hadiseler de oluyordu. Köylüler, onlara gelen hocalara yağ, bal, yumurta, kanvas, el dokumaları ya da örgü işleri hediye ediyorlardı. Alın, diyorlardı onlara. Ailelerinize götürün. Siz bize bilginizi, aklınızı getirdiniz, bizim için kaygı duydunuz. Bize de izin verin de, elimizden geldiğince, mütevazı şükranlarımızı gösterelim. Sizin bize getirdiğiniz bahtiyarlığın yanında ufacık şeyler bunlar.

* * *

Halk üniversitesinin yorulmak bilmez çalışması 25 yılını doldurunca, Snellman'ın memleketinde, Kuopio'da büyük bir halk bayramı tertiplendi.(2)

---

(1) Bu yeni halk eğitim sistemi, gerçekten de, 19. yüzyılın ikinci yarısından itibaren yayılmaya başlamıştı. Snellman onun ideologlarından biriydi, ama dolaysız yaratıcısı değildi. Aslında bu yeni halk eğitim sisteminin öncü ideolog ve yaratıcısı olarak felsefe profesörü Yrjö Sakari Koskinen idi (1830-1903). Burada sayılan uygulamalar (kütüphaneler, seyyar konferanslar, seyyah hocalar) onun eseriydi.

(2) Kuopio, Snellman'ın memleketi değildi, yalnız burada 1843-1846 arasında ortaokul müdürlüğü yapmıştı.

Kutlamaların sonunda zengin tacir, bütün ülkenin "tatlıcılar kralı" dediği Järvinen'den bir konuşma yapmasını istedi.[1] Järvinen bir saatten çok konuştu; ve herkes, önceki konuşmalardan bitkin düşmüş olmalarına aldırış etmeden, onu büyük bir dikkatle dinledi. Järvinen dedi ki:

"Fakir, orta halli bir tüccardım ben. Çocukken sokaklarda tatlılardan işporta tezgâhı kurardım. Sonra pazara götürüp satmaya başladım bu tatlıları. Tacirler bana şekerlemeler için iki-üç yüz mark tutarında kredi açarlardı, ben de kuruşuna kadar hesabını görürdüm onların. Bana saygı duyarlardı, zamanla yardım etmeye başladılar, kendi dükkânımı açmam için yardım ettiler.

Karnım tok, üstüm pekti; iyi de bir odam vardı. Ama, nasıl anlatayım... Canım sıkılıyordu. Evet, canım sıkılıyordu ve... Kendimde değil gibiydim. Sık sık şöyle düşünürdüm: küçücük bir dükkân, bir avuç alıcı, ufak kârlar... İşte bütün hayat da böyle: her şey pek az."

"Beyler," diye devam etti Järvinen, eğitimli hocalara dönerek:

"Lütfen, hikâyeme kulak verin. Kolunda sepetle şekerleme satan bir oğlandan, memleketinde bir tiyatro binası inşası için yüz bin mark bağışlayabilecek ve büyük, yerel bir gazeteyi kurabilecek durumda olan benim gibi şekerleme kralları her zaman çıkmaz.

Böyle konuşuyorsam övünmek istediğimden değil. Sizin karşınızda övünmek bana yakışmaz. Şu an karşınızdaki, şekerleme kralı Järvinen değil. Benim suretimde karşınızda genç, güçlü, sağlıklı Fin ulusunu görüyorsunuz. Fakir bir ulus. Kepekli çavdar ekmeği yiyen bir ulus. Bataklıkların ve çıplak kayaların

---

(1) Bu isimde birisi, muhtemelen bulunmuyordu.

arasında kürek mahkûmlarınınki kadar ağır, bereketsiz çalışmaya mahkûm bir ulus.

Järvinen'ler nadir bulunan şeyler değiller. Biricik değiller. Tesadüfi, istisnai değiller. Järvinen, bir lejyonun adı. Ulusta bizden binlercesi var. Järvinen'ler ormanlardaki kütükleri çekiyor. Järvinen'ler tarlalardaki taşları sürüyor. Järvinen'ler karanlık, daracık ve rutubetli mahzenlerde delik çizmelerini yamalıyor.

Ve sayılamayacak kadar çok sayıda berbat işler yapmak zorundalar. Sıkıcı. Ağır değil ama, çünkü emekten ve gereklilikten korkmayız biz. Yalnız, bir şeyler gerek. Büyük mü büyük bir şeyler. Güzel, güneş gibi parlak. Yüreklerinde fırtınalar kopuyor, ama elden gelen bir şey yok.

Geçen yıl güney İtalya'daydım. "Şekerleme kralı" orada koca bir gemi dolusu portakal aldı. Ve iki-üç günlüğüne Napoli'ye geçtim. Vezüv'e çıktım. Volkanın bir kıyısından, kraterin içine baktım. Orada, Vezüv'ün zirvesinde gençliğimi hatırladım. O zamanki duygularımı ve düşüncelerimi hatırladım. Bütün Fin ulusumuzu hatırladım... Kraterin içinde kalın, kara, ağır bir lav köpürüyor, dumanlar yükseliyordu. Lav, kraterin içinde kalın duvarlara çarparak ağır ağır soluyan kolları bağlı bir dev gibi kâh yükseliyor, kâh alçalıyordu. Kraterin duvarlarında yoğunlaşıyordu. İç kuvvetleri, yeraltının ısısı, volkanın deliğinde kabartıyordu lavı. Genç Järvinen'in, adı Fin ulusu olan Järvinen'in göğsü ve kafası da öyle kabarıyordu.

Beyler, bundan 25 sene evvel neredeyse bütün Finlandiya'ya tehdit oluşturan Johan Karokep ismini hatırlıyor musunuz?[2]

---

(2) Finlandiya'da böyle birisi yaşamamıştı. Ancak 19. yüzyılın sonunda, hapishanede inançlı Hıristiyanlar haline gelen iki ünlü suçlu, Matti Haapoja (1845-1895) ve Antti Isotalo (1831-1911) vardı. Petrov'un

Karokep soyguncu ve hayduttu. Bankaları, ticaret bürolarını, büyük şehirlerin tapınaklarını soyardı. Cüretle soyardı. Meydan okurcasına. Neredeyse polisin gözleri önünde.

Karokep birilerini öldürdüğünde de bu cinayetler onun menfaatleri açısından gereksizlikleriyle herkesi şaşkına uğratırdı. Bu yüzden, Karokep'i tutukladıklarında, ilkin normal bir insan olup olmadığını anlamak için akıl hastanesine koydular.

Karokep oradan büyük bir cüretle kaçtı... ve kayboldu. Finlandiya'da hiçbir şey duyulmaz oldu hakkında. Öldüğünü düşünüyorlardı. Kaçarken kurşunladıkları söyleniyordu. Ağır biçimde yaralanmış ve arkadaşlarından birine sığındıktan sonra ölmüştü. Herkes öyle olduğuna kanaat getirmişti. Ve unutmuşlardı Karokep'i.

Beyler, Karokep hayatta. Geçen yıl İtalya'dayken, bizzat gördüm Johan Karokep'i. Cenova'da.

Gene de tanımazdım onu. Bütün Finlandiyalılar gibi ben de öldüğünü düşünüyordum. Oysa bir lokantada gördü beni ve yanıma geldi. Üç oğlu vardı. Öyle güzel çocuklardı ki! Fin ulusunun sağlık ve güzelliğinin canlı suretleri. Uzun boylu, geniş omuzlu, bahadır göğüslü. Sarışın, mavi gözlü, tenleri Güney Amerikalılar gibi yanık.

İtalyanların dedikleri gibi: üç Apollo. Üçü de Avrupa'nın üç ayrı ülkesinde üniversitelerde öğrenciydiler. Büyük olanı İsviçre'de madencilik okuyordu. Ve Kaliforniya'da büyük bir madencilik işletmesinin başındaydı.

---

kast ettiği kimse, ilk portreye uygun düşüyor. Onun Hıristiyanlaştırılmasıyla da misyoner Mathilda Wrede (1864-1928) uğraşmıştı. Ama Haapoja'nın hayatı trajik bir şekilde sona erdi: Hapishane idaresi, onun işlediği cinayet yüzünden masum oldukları halde Sibirya'da hüküm giyen kimselere yardıma gitmesine izin vermedi, o da başarısız bir firar girişiminden sonra intihar etti.

Küçük olanı, Fransa'da ziraat okuyordu. Ortancası okulu bitirmişti ve önde gelen bir kimyacı olacağı söyleniyordu. En iyi Alman üniversitelerinden birinde deri, ahşap ve yağ üzerine kimyasal çalışmalarda uzman olarak bütün dikkatleri üzerine çekiyordu. Ve bütün bu akıllı, yakışıklı, asil gençler, bir zamanlar soyguncu ve haydut olan Karokep'in oğullarıydılar.

Hatırlarsınız, o zamanlar gazetelerde, Karokep'in bir ailesi olduğu, karısının ise korkunç kocasının işlerinden haberdar olmadığı yazılırdı. Sonra Karokep'in karısını ve çocuklarını da unuttuk. Ama babaları onları unutmadı. Arkadaşları aracılığıyla karısını ve çocuklarını Amerika'ya getirtti. Karısı Amerika yolunda sarı hummadan öldü. Karokep de üç küçük çocuğunu bir başına büyüttü. Hem anneydi onlara, hem arkadaş. Kendi de onlarla birlikte öğreniyordu.

Karokep (adı şu anda başka, ama size söylemeyeceğim) iki transatlantik dolusu buğday getirmişti Cenova'ya. Bu arada, İtalya'yı da hem kendi gözleriyle görmek, hem de oğullarına göstermek istemişti.

Karokep, Güney Amerika ülkelerinden birinde yeni bir vatanda yeni bir isimle buğday krallarından biri olmuştu. Öyle zengin ki, sizin "Finli şekerleme kralı" Järvinen onun yanında fakir sayılır.

Çocukken ve sonra gençlik yıllarımızda Karokep ile çok iyi arkadaştık. Ormanlardan reçine toplayan ailelerimiz de komşuydular. Karokep ile birlikte büyüdük, birlikte oynadık. Aynı dönemde yetim düştük. Dul analarımız bizi birlikte getirdiler şehre. Beni bir fırıncıya çırak verdiler, Karokep'i de, kenevir, yün, reçine alıp yurtdışına gönderen, köylülere de kendi ürünleri yetmediği için ithal buğday satan zengin bir toptancı aldı.

Karokep yakışıklı, akıllı, dürüst, iyi yürekli ve tutkulu bir oğlandı, yalnız ifrat derecesinde çabuk öfkelenirdi, tahammülü azdı ve gazaba kapıldığında da bir tek tanrı bilirdi nelere kalkışacağını. Öfkelendiğinde baştan ayağa tirtir titrer, dişlerini gıcırdatır, bembeyaz olurdu. Gözleri yanardı. Tıslar gibi konuşurdu: "Sana gününü göstereceğim! Karokep'e hakaret etmenin ne anlama geldiğini öğreneceksin!"

Tacir, Karokep'i sevmişti. Onun ne kadar şerefli olduğunu söyleyip övünürdü. Oğlan büyüyünce tüccar de önemli alışverişleri onun sorumluluğuna bıraktı. Büyük miktarlarda paralar emanet etti. Nihayet, en büyük depolarından birinin de yöneticisi yaptı.

İşte bu sırada, beklenmedik ve anlaşılmaz bir şey oluverdi. Karokep, nedendir bilinmez, işletmenin parasının büyük bölümünü köylülere dağıttı. İhtilaslara girişti. Efendisini şiddetli şekilde dövdü. Mahkemeye düştü. Orada ise yüzünde meşum bir tebessümle sustu. Yalnız mahkemenin sonunda şöyle dedi:

"Beni değil efendimi mahkûm etseydiniz daha iyiydi."

Efendisi ise daha sonra herkese şöyle demeye başladı:

"Sanırım Karokep çıldırdı."

Karokep birkaç ay hapis yattı. Hapishanede kasvetli bir sessizlik içindeydi. Çok okuyor, havalandırmaya bile ayakları prangalı çıkan haydutların hikâyelerini dinlemeyi seviyordu.

Karokep hapisten çıkınca karısıyla üç küçük çocuğunu alıp kimsenin bilmediği bir yere götürdü onları. Sonra, çok geçmeden, Finlandiya'nın muhtelif yerlerinde cüretli soygunlar ve cinayetler başladı. İki yıl içinde birkaç banka, ondan çok kilise soyuldu, üç rahip öldürüldü. Çevredeki herkesin sevdiği bir doktor da, köyde hasta ziyaretinden dönerken ormanda hiç nedensiz, üstelik soyulmadan öldürüldü.

Nihayet, büyük bir şehrin eteklerindeki zengin bir cenaze kilisesi de soyuldu. Kilisenin yanındaki bir evde kalan rahip tesadüfen pencerelerden birinde ışık gördü. Bekçiyi çağırdı ve onunla birlikte kiliseye gitti. Avluyu saran yüksek duvarların içindeki kapıda o meşum adamla burun buruna geldiler. Adam, elindeki demirin ilk darbesiyle, önden gelen bekçiyi öldürdü, sonra da aynı demirle rahibin başına vurdu. Rahibin kafası parçalandı, beyni çıktı. Ancak rahip, bundan evvel avazı yettiğinde bağırmaya fırsat bulmuştu:

"İmdat! Yardım edin!"

Dolunaylı bir kış gecesiydi. Her yer bembeyazdı. Mezarlığın yanındaki yoldan tesadüfen köylüler geçiyorlardı. Çığlığı duyunca yardıma koştular. Birinin kaçtığını gördüler. Yakaladılar. Polise götürdüler. Soyguncu katil, adını söyledi:

"Johan Karokep."

Ve sakince, yüzünde bir tebessümle, bankaları ve kiliseleri soyanın, üç rahibi ve bir doktoru öldürenin kendisi olduğunu anlattı.

"Yardımcıların kimlerdi?" diye sordular.

"Bir başıma soyup öldürdüm," dedi. "Yardımcılarım sadece istihbarat getiriyorlardı. Hiçbirinin adını da söylemeyeceğim. Ben bu oyunu kendi hesabıma oynadım. Kaybettim, siz kazandınız. Hesabımı da kendim ödeyeceğim. Dilerseniz asın beni. Ama ortaklarım sizi ilgilendirmez."

Sonra hastaneden kaçtı ve sır oldu. Ve işte, Cenova'da kendi geldi masama. Yalnızdı. Oğullarını dolaşmaya göndermişti. Uzun uzun baktı yüzüme ve Fince sordu:

"Affedersiniz, siz Järvinen misiniz?"

"Evet!" diye cevap verdim şaşırarak.

"Jukka Järvinen?"

"Evet!"

"Tammerfors yakınlarındaki Kemijärvi'den Järvinen?"

"Evet, evet, evet! Nereden biliyorsunuz bütün bunları? Sizi ilk defa görüyorum," dedim hayretle.

"Ben, Karokep!" diyebildi zorlukla. "Jukka, eski, sevgili dostum Jukka! Ah, güzel çocukluğum! Arkadaşın, küçük Johan'ı hatırlıyor musun? Bir zamanlar Karokep olan bu adama elini uzatman mümkün mü?"

Odama çıktık. Ve gece geç vakte kadar Fince konuştuk.

"Oğullarım, Karokep'i bilmiyorlar," dedi konuğum. "Amerika'da iki ülke, iki defa da ismimi değiştirdim. Kuzeyde yaşamaya başladım, yalnız ailemi güneye gönderdim. Burada beni başka bir isimle biliyorlardı, hâlâ da öyle. Dışarıdan bakıldığında yarı Amerikan, yarı İspanyol; gerçekteyse Finim. Görüyorsun artık nasıl yaşadığımı... Hikâyeme kulak vermek ister misin? Kimseye izimden söz etmeyeceğine şerefin üzerine söz verebilir misin? Ben senin hayatını biliyorum, Järvinen, Suomi'mizde yaşananları takip ediyorum. Çocukluktan beri severim seni. Severim, 'şekerleme kralı.'"

"Ve senin, bu gençlik arkadaşını anlamanı istiyorum. Johan Karokep'i hor görmemeni istiyorum. Johan Karokep fena biri değildi."

"O zaman psikolojik bir rahatsızlığın mı vardı?" diye sordum.

"Ancak senin kadar hastaydım," dedi Johan, kederle gülümseyip. **Karanlık** biriydim. Düşünsene: Kocaman, yabancı bir evde, zifiri karanlıkta yürür gibisin. Yüzlerce oda, içlerinde binlerce şey: Ama şu kadarcık ışık yok... El yordamıyla yürüyorsun. Öyle dertler yaratırsın ki! Başkalarının iyiliklerini çiğner, kendini sakatlarsın.

"Nasıl biri olabilirsin ki orada? Fena biri mi? Deli mi?... Sadece ışıksız kalmış bir talihsiz. İşte ben de, senin ve daha pek çoklarının başka şeylerden ötürü sevdiği bencileyin Johan da böyleydi. Ve karanlıkta kalmış öyle çok Johan'ımız var ki bizim!" dedi eski Karokep, içini çekerek. "Milyonlarca! Koca koca halklar!

"Senin adına mutluyum, eski dostum Yukka!" dedi ve elimi tuttu. "Mutlu ve şaşkınım, nasıl olup da hayatın fırtınaları arasında sendelemedin diye. Efendimin depolarında yüreğim daralırdı benim. Daralırdı, bunalırdım..."

"Nasıl?... Nasıl daralırdın, bunalırdın?" diye sordum. "Ben de hep aynı şeyi hissederdim."

Görüyorsun ya: Milyonlarca Karokep ve Järvinen için bunaltıcı, darlık verici yaşamak. Daha büyük, güzel, ferah, neşeli bir şeyler istiyor insan... Karnım toktu. Karım, üç çocuğum vardı; onları seviyordum. Benim de bir tacir olacağımı umut ediyordum. Ama, darlık veriyordu hayat. Daralıyor ve sıkılıyordum. Ve bu sırada, efendimin depolarındaki kantarların ayarlı olduğunu öğrendim. Bir tartıda köylülerden gelen malları tartıyordu. Diğerinde ise satacağı buğdayı. Ve iki kantar da ayarlıydı. Yıllar böyle geçiyordu. Ve ben ona yardım ediyordum...

Öfke, yüreğimi sarıyordu. Bütün parayı alıp köylülere dağıttım, efendimi de ölesiye dövdüm. Belki öldürürdüm de, eğer elimden kurtulmasaydı.

Beni mahkeme ettiler. Kantarların ayarlı olduğunu anlatmak istiyordum, ama köylüler, kantarlarla hiç dolandırılmadıklarına dair dilekçe verdiler. Zavallı ödlekler, ihtiyaçlarının tutsakları, patronun onlardan hoşnutsuz kalıp gelecekte kredilerini keseceğinden korkuyorlardı. Ve ben de sustum. Bu kölelere karşı horgörü hissettim. Bir şeylere öfkelensinler, bir şeylere isyan etsinler diye onları dövmek, işkence etmek, vurmak istiyordum... Hapiste yatarken düşünüyordum:

Cezamı yatacağım, sonra salacaklar; ne yapacağım ondan sonra? Gene bozuk kantarların başına mı geçeceğim? Yoksa kendim mi yapacağım bu dolandırıcılığı?... Ruhum daha da daralıyor, bunalıyordu... Ve hapiste tesadüfen, İspanya'nın ve İspanyol ulusunun tarihini okudum... Zavallı ulus! Istırap çeken ve ıstırap çektiren bir ulus. Soyulan ve soyan. Amerika'yı keşfedip soymuşlar ve kendileri dilenci olmuşlardı. Sevginin tanrısı için tapınaklar yapmışlar, ama bu tapınakların önündeki meydanlarda binlerce insanı diri diri yakmışlardı. Tanrıya duydukları sevgi adına öldürmüşlerdi! Ve başkaları da tanrıya duydukları sevgi adına ölmüşlerdi! Ve ben, hem insanlara, hem de tanrıya isyan ettim.

Keşke İspanya'da olsaydım, diye düşünüyordum. İnsanlara işkence etmek, onları yakmak, bedenlerini ve ruhlarını kırbaçlamak istiyordum. Onlara bağırmak istiyordum: Eğer köle ve kurbansanız, öyle kalın! Sabredin. Acı çekin. Geberin.

İnsanlardan da, tanrıdan da intikam almaya karar verdim!

Bankaları soymaya koyuldum. Bankaları soyarak daha çok insanı yıkıma uğratırım diye düşünüyordum. Ama en çok kiliseleri seviyordum. En iyi rahipleri seçip onları öldürüyordum. Tanrıyla alay ediyordum. Onu, benimle kavgaya çağırıyordum. Tapınakları kirletiyordum. Bağırıyordum orada: Hadi, darağacına çıkar beni! Hadi, yakalamalarını sağla!

Yakalayamıyorlardı. Bu da daha çok öfkelendiriyordu beni. Gökyüzüne bakıyor ve düşünüyordum: Demek ki, bomboş orası. Yeryüzünde bir tek yalan var! Gökyüzünde bir tek yalan var!

Mümkün olsaydı eğer, yalanı öldürmek için yeryüzündeki her şeyi öldürürdüm o zaman. Ve ansızın, yakalandım. Kıskıvrak bağladılar. Şaşırdım buna. Korkmadım ama şaşırdım; belki de yalan değildir o?

Ama akli dengemin yerinde olmadığını düşünüp idam sehpası yerine hastaneye gönderdiler! Karar verdim; budalalar! Budala ve sahtekârlar! Yalancı ve budalalar! Ve ben kendim de budalayım. Budalalıktan düştüm buraya: Karlı tarlaların ortasında, ayışığı altında soyguna giriştim!

Hastanede birkaç ay geçirdim. Devamlı inceliyorlardı beni, ama anlayamıyorlardı. Budalalar... Ve fırsatını bulup kaçtım.

Ve diğerlerinden de cüretli bir iş yapmaya kalktım. Az kaldı öldüreceğim rahip iyileşmiş ve aynı yerde, mezarlıkta yaşıyordu... Hastaneden doğruca ona gittim! Yalnız, bildiğim bir hırsız yatağında üzerimi değiştirdim.

Akşam, geç vakitti. Pencereden içeriyi görüyordum; oturmuş, kitap okuyordu. Alnının üzerinde kocaman, kırmızı bir leke vardı. Vurduğum demirin hatırası.

Zili çaldım. Ayak seslerini duydum. Kapının aralığından sesini işittim:

"Kim o?"

"Rahiple görüşmem gerek."

"Ne oldu?"

"Bir insanın ruhunu kurtaracak!"

Kapı açıldı. Elinde bir mum. Kaldırdı, yüzümü aydınlattı. Ürperir gibi oldu, kaşları ve alnı kırıştı; bir şeyler hatırlamıştı.

"Tanıdınız mı?" dedim, kapının ağzında durarak.

"Bir şeyler görsem bile hatırlayamıyorum; son zamanlarda hafızam zayıfladı."

"Size bunu ben yaptım," dedim. "Mezarlıktaki cinayeti hatırlıyor musunuz? Bendim o..." Rahip daha şiddetli titredi, ama ne bağırdı, ne de kapıyı yüzüme kapadı. Derin bir nefes aldı ve alçak sesle sordu:

"Nasıl yani, serbest misiniz? Hem de..."

"Kaçtım," dedim sözünü keserek.

"Neden buraya, bana geldiniz?"

"Beni gizleyesiniz diye... Bir zamanlar suçluların, tanrının sunaklarında sığınak bulduklarını okumuştum. Siz, benim kurbanımsınız. Sizi öldürmek istemiştim. Buraya da, bir Hıristiyan rahibinin kendi katiline nasıl davrandığını görmeye geldim."

"İçeri girin!" dedi ev sahibi, alçak sesle.

Eşikten içeri adımımı attım, sımsıkı örttüm kapıyı ve suratımda meşum bir sırıtmayla, dedim ki:

"Peki sizi şimdi öldürebileceğimden korkmuyor musunuz?"

Ev sahibi dimdik baktı yüzüme gözlerini ayırmadan ve gene alçak sesle dedi ki:

"Hayır, korkmuyorum."

"Neden?"

"Bu gözlere sahip birisi öldürmez."

"Nasılmış gözlerim?"

"Keder, hüzün dolu! Derin bir iç sızısı. Ruhunuz büyük bir hastalığa yakalanmış. Buyurun, çalışma odama geçelim."

Ne olmuştu bana, bilmiyorum. Ben, demirden Karokep, sıcağa çıkmış dondurulmuş balık gibi, bir anda yumuşamıştım. Odaya geçtik. Masanın üzerinde açık bir İncil vardı, demek rahip, ben pencereden bakarken onu okuyordu. Masanın arkasında, duvarda da çok güzel bir gravür asılıydı: "Merhametli Samiriyeli".

"Aç mısınız? Yemek getireyim mi?" diye sordu ev sahibi.

"Şarap verin," diye cevap verdim bütün gücümü toplayarak.

Göğsümde bir şeyler sıkışıyordu. Boğazım daralıyordu. Ev sahibi çıkınca, kapının yanındaki sandalyeye oturdum ve ağlamaya başladım. Çocukken bile hiç ağlamadığım gibi ağladım.

Ev sahibi, elinde bir kadeh şarap ve bir parça da yağlı ekmekle girdi. Ona atıldım, ayaklarının önünde diz çöktüm ve dizlerine sarıldım:

"Bağışlayın, bağışlayın, bağışlayın."

"Sakin olun. Bir yudum için şundan ve söylemek istediğinizi söyleyin."

"Söylemek istediğimi mi?... Tanrıya yeniden, daha da cüretli meydan okumak istiyordum. Rahibe gitmek, onu korkutmak ve öldürmek bu defa. Ama her şey başka türlü oldu."

Tutarsız, arada bir kelimeleri karıştırarak anlatmaya koyuldum ev sahibine, yeryüzündeki ve gökyüzündeki yalanı nasıl öldürmek istediğimi, neler düşündüğümü ve hissettiğimi yıllarca.

Ev sahibi sessizce dinliyordu ve yalnız ara sıra, bir çocukmuşum gibi, kimi zaman başımı, kimi zaman elimi okşuyordu. Tanrıyı nasıl düşündüğümü anlatmayı bitirince yüzünde şaşılacak kadar güzel bir tebessümle dedi ki:

"Böyle mücadele ettiniz yani tanrıyla? Tapınakları soydunuz, iyi insanları öldürdünüz, tanrıyı sizinle kavgaya çağırmak için? Aptal çocuk, zavallı aptal! Karanlık!"

"Evet, ama varsa eğer, neden cezalandırmadı tanrı beni?" İnatçı, kaprisli bir çocuk gibi ayak diredim davamda. "Oysa şimdi, öldürmek istiyordum sizi, ama konuğunuz oluverdim."

"Durun biraz, her şey sırasıyla olmalı," diye itiraz etti ev sahibi. Ve devam etti sözlerine:

İlkin tanrıyla mücadele, sonra ceza... Kilisenin büyük babalarından birinin derlediği bir ortaçağ efsaneleri külliyatı vardır. Bu efsanelerde bir sürü uydurma, bir sürü mucizevi şey bulabilirsiniz, ama ana fikir olarak birçoğu büyük bir bilgelikle doludur. Bu efsanelerden birinde, Fransa'nın bölgelerinden birinde, başlıca manastır binasına şeytanın yerleştiği anlatılır. Keşişleri dehşete sokar. Her gece köpek gibi havlar, koyun gibi meler, domuz gibi horklar. Dua edenleri korkudan dört yana kaçırır ve mutlu olur bundan. Manastır uzun süre boş kalır. Sonra, bu bölgeye iyi, bilge bir ihtiyar olan yeni bir piskopos gelir. Şeytanın manastırdaki işlerini öğrenir ve der ki: "Oraya gideceğim ben. Orada geceleyeceğim."

Korkmuş insanlar onu caydırmaya yeltenirler. Başkalarının korkudan hasta olduklarını, hatta öldüklerini anlatırlar. Ama piskopos gider. Boş binada bir gece kalır. Ve efsanede denir ki:

Gece saat on ikiyi vurmuştu ki, piskoposun etrafında ulumalar, çığlıklar, homurtular, bağrışlar başladı.

Piskopos uyandı ve sordu:

"Bu sen misin, şeytan?"

"Benim."

"Dediklerine göre tanrıyı geri çeviren şeytan mı? İsa Mesih'i kendi hizmetkârı yapmak isteyen şeytan mı?"

"Benim!" diye gururla tekrarladı şeytan.

"Hiç utanman yok mu?" diye alay etti onunla piskopos. "Tanrının barışçıl idaresini kaldırmak için başladın bu işlere, vara vara geceleri boş evlerde domuz gibi horklamaya, köpek gibi havlamaya vardın. İyi insanlara fırsat vermiyorsun ki uyusunlar. Ne biçim bir düşmansın sen tanrıya?"

Efsane şöyle sona erer:

Şeytan ar etti ve bu budalaca işlerinden ebediyen vazgeçti.

"Bende sana sormak istiyorum: Peki sen nasıl bir düşmansın tanrıya? Kendinizdeki tanrıyı öldürmek istiyorsunuz, bunun için de insanları öldürüyor, dua edilen yerleri soyuyorsunuz..."

"Ama tanrı neden cezalandırmadı beni? Neden ele vermiyorsunuz beni?" diye inat etti Karokep.

"Sadece şundan ki, tanrı siz değil, siz de tanrı değilsiniz. Tanrının ve bizim mücadele şekillerimiz, hedeflerimiz, duygularımız farklı farklıdır. Siz nefretle yaşarsınız, tanrı ise sevgidir. Siz tanrıyı öldürmek istersiniz, tanrı ise ruhunuzun dirileceği ana kadar bekler. Ben ne celladınızım sizin, ne hâkiminiz, ne savcınız. Ben, yüreğinizde çoktan kaybetmiş olduğunuz küçük, iyi, şerefli Johan'ı bulmanıza yardım etmek istiyorum."

Karokep, gidip kendi teslim olacağını söyledi.

"Yapmayın," diye durdurdu onu rahip:

"Mahkemeniz görüldü sizin, tanrının mahkemesi. Ve bu mahkemede tanrı, ruhunuzun diri olduğuna hükmetti. İnsanların mahkemesi artık başka bir şey yapamaz size. İsa'nın, günahkâr kadın hakkında verdiği hükmü hatırlayın: Git ve günah işleme.

Sizde gidin kendi hayatınıza. Eski soyguncu katil, şerefli ve çalışkan bir hayatın havarisi olsun! Bir yerlerde çocuklarınız var. Onları, hayatın iyi işçileri olacak şekilde yetiştirin. Bu, kürek cezasını geçirmekten daha güçtür. Ve daha yararlıdır hayat için."

"Ve ben de kendi hayatıma gittim. Görüyorsun nasıl biri olduğumu. Nasıl yetiştirdiğimi çocuklarımı!" diye bitirdi sözlerini Karokep.

Ama kendim hakkında bu kadarını anlatmam yeter. Çocukluk arkadaşın, iyi yürekli ve şerefli oğlan çocuğunun nasıl dehşet verici Karokep olup çıktığını açıkladım sana... Ve şimdi, sevgili Jukka, sen anlat bakalım, "şekerleme kralı" Järvinen nasıl çıktı senden. Zira, Karokep ile Järvinen, iki çocukluk arkadaşı. Halkımızın iki yarısı: biri, soğuk gölgelerde bir başına, diğeri, yeryüzünün bahar vakti güneş ışınlarıyla aydınlanması gibi başarılı hayatta.

"Ve ben şimdi, size anlatmak istiyorum, değerli öğretmenlerim," dedi Järvinen, halk üniversitesinin yaşlı yöneticilerine dönerek:

"Bencileyin Järvinen, 'şekerleme kralı' için yaptığınızı, daha binlerce başka Järvinen için yaptıklarınızı ve ulus için yapmakta olduklarınızı söylemek istiyorum!

Değerli öğretmenlerim, Järvinen'lerin de, Karokep'lerin de aynı ulusun çocukları olduğunu, çocukluğumuzda imkânlar ve gördüğümüz iyilik ve kötülük itibariyle farkımız olmadığını söylemiştim. Ve eğer benden, bu ülkeye saygı duyan ve değer veren biri çıktıysa, bu benim edremim değildir. Size söyleyeyim: Bu, benim için talihli bir tesadüftür. Ve benim sevgili çocukluk arkadaşım Johan Karokep'ten daha gençken bir soyguncu ve katil çıktıysa, bu da ondan önce başkalarının suçudur. Onun büyük talihsizliğidir bu.

Tekrar ediyorum: Järvinen'ler de, Karokep'ler de aynı madalyonun iki yüzüdürler esasında. Dağda kesilmiş ağaç kütüğünün iki yüzü; ve bu ağaç kütüğü ulustur, milyonlarca ulus kitleleridir.

Beyler! Belki de ben, siz profesörlerden, yazarlardan ve sanatçılardan çok entelijensiyaya değer veriyorum. Entelijensiya, ulusun alev alev fikridir. Entelijensiya, ülkenin aydınlık beynidir. Ve kendi öz entelijensiyası olmayan bir ülke, talihsizdir! Ve sadece kitleler içindeki budala, cahil ya da aptal, çoğu zamanda yırtıcı soyguncular, entelijensiyanın düşmanları olabilir ve olurlar. Onlar için, bu baykuşlar için, gecenin bu yırtıcı kuşları için, ulus aklının karanlıkta kalması iyi bir şeydir. Bütün ülkelerin, bütün ulusların ve bütün çağların baykuşları, bu yüzden sevmezler aydınlık düşünceyi, aydınlık bilgiyi. Ben, eski bir sokak çocuğu olarak, ulus-ağacımızdan düşen tek bir yaprağı bile anlamayan biri olarak, kişisel tecrübelerimle biliyorum, ulusa ne çok gerektiğini entelijensiyanın. Bu yüzden siz entelektüellere şunu söylemeye cüret edeceğim:

Entelektüel oluşunuz, ayrıcalığınız değildir sizin. İktidar, itibar, tok bir hayat hakkı vermez size. Entelektüel oluşunuz sizin vazifeniz, hizmetinizdir. Siz halk için şamdan gibisiniz; ve bir mumu yaktıklarında kuytu bir köşeye dikmezler, etrafını aydınlatsın diye şamdanın en tepesine koyarlar.

Siz, öğretmenlerim, ışıttınız ve ışıtıyorsunuz, ama entelektüel denen başka yüzlercesi ve binlercesi ne yapıyorlar kendi uluslarının milyonlarını aydınlatmak için?

Pirüpak bir akıl ve bilgi ateşiyle mi yanıyorlar?

Uluslarını ışıtıyorlar mı?

İncil'de, Farısilerin (veya ferisilik, Yahudilikteki başlıca ilahiyat okullarından biri, diğeri sadukilik) kendi ulusları hakkında ettikleri korkunç, lanet edilesi sözler yazılıdır. Farısiler, neden boyuna halkla söyleşiyor, neden kendileriyle, bu kitap efradıyla ilmi konuşmalar yapmıyor diye içerliyorlardı İsa Mesih'e.

"Lanetlidir bu halk. Kitapla ilgili bir şey bilmez, kara cahildir."

Her yerde ve her zaman böyledir. Ulusların eğitimli tabakaları, kendi ulusunun alt tabakalarını hor görürler. Derler ki:

"Ulus, cahil. Ulus, kaba. Ulus, ayyaş. Ulus, tembel. Açgözlü. Yalancı. Kıskanç. Ulus, milyon başla bir hayvan. Katiyen serbest bırakmamak gereken, vahşi bir hayvan."

Ve aslına bakarsanız, ulus hakkındaki bu kötü sözlerin yüzde doksanı, doksan beşi gerçektir. Ama, kimdir bunun suçlusu?

Terk edilmiş viran topraklarda ne gül, ne elma, ne salatalık, ne de patates yetişir. Ballıbaba, ısırgan ve devedikeni yetişir orada. Ulus kitlelerinin başında ve yüreğinde de böyle olur.

Halk kitleleri, etraflarında ne görüyorlar?

Nasıl yaklaşımlarla karşılaşıyorlar?

Kim, ne tür zihinsel ve ahlaki bir eğitim veriyor?

Medeni denilen insanlar üniversiteyi bitirdikten sonra her yerde ve her zaman, bütün dünyanın, kitaplarını, tablolarını, müziklerini, konferanslarını, tiyatrolarını, dergilerini, sanatlarını, sergilerini, yazarlarını, kulüpleri, toplantıları bulabilirler. Peki ulus kitlelerine ne verilir? En iyi ihtimalle iki-üç, en çok da beş senelik halk okulları. Burada genelde, yeteneksiz okul idarecilerinin yazdıkları sıkıcı, yeteneksiz, ölü kelimelerle dolu ders kitapları vardır. Çocuklarda bilgi açlığı uyandırılmaz. Onların düşünceleri ve duyguları yüceltilmez. Ve çoğu zamanda kitaplara, yüksek zihinsel faaliyete ilgileri öldürülür. Peki, neden? Okuldan sonra ne olur? Ulusun milyonlarca ferdi, kaderin keyfiyetine kalır. Onlar için yazmazlar. Konuşmazlar. Ve edebiyat, tiyatro, bilim, sergiler, konserler, konferanslar da onlar için değildir. Tıpkı İsa'nın zamanında olduğu gibi günümüzde de kitap kurtları ulus kitleleri hakkında horgörüyle konuşurlar:

"Lanetli bu ulus! Her konuda cahil. Akli olan her şeye karşı sağır ve kör. Midesinden, cebinden ve içkiden başka hiçbir şeye ilgi duymuyor."

Beyler, İncil'in başındaki hikâyeyi hatırlıyor musunuz? Kabil, kardeşi Habil'i öldürür. Tanrının sesi, Kabil'in vicdanına erip "Kardeşin Habil nerede?" diye sorunca, Kabil cevap verir: "Habil'den bana ne? Kardeşimin bekçisi miyim ben?"

İncil'in bu sayfası, binlerce defa tekrar eder ulusun hayatında. Vicdanın sesi, büyük, **medeni** kardeşlere, ulusun entelektüel üst katmanlarına o soruyu yöneltir:

"Milyonlarca ulus kitlesi, sizin küçük kardeşleriniz, manevi, zihinsel ve ahlaki olarak nasıl bir hayat sürüyorlar?"

Cevap olarak, Kabil'in cevabı verilir: Bana ne onlardan? Kardeşlerimin bekçisi değilim ya! Kendi işlerim, dertlerim var benim.

Bunlar, uluslarının eğitimiyle ilgilenmek istemezler ve... neticede, halk kitlelerinden ayyaşlar, hastalar, aptallar, küskünler ve cahillerden kaynaklanan korkunç sıkıntılara katlanmak zorunda kalırlar.

Ancak ulus kitleleri eğitimsiz kalmazlar. Güçlü ama ne yazık ki olumsuz bir eğitim alırlar... Bir bakın, ulustan insanlar kendilerini nasıl şaşkın hissediyorlar, yüksek sınıflardan insanlarla karşılaştıklarında nasıl yabancı ve düşman hissediyorlar onlara karşı. Neden böyle? Çünkü, herkes her yönden bağırıp çağırıyor onlara. Kaba ve hoyratça uzaklaştırıyor. Yüksekten davranıyor. Beyefendi kıyafetli insanlardan uzak duruyorlar. Uzak duruyorlar! Sevmiyorlar onları. Korkuyorlar. İçlerinde öfke, nefret, intikam arzusu besliyorlar.

Etraflarında lüks, alımlı kıyafetler, gürültülü eğlenceler görüyorlar. Bütün bunlar, yeni bir nefret uyandırıyor. Daha da çok öfkeye kapılıyorlar. İnsanlar kıskançlık ve güceniklik, kendi hayat şartlarına karşı memnuniyetsizlik içinde doğuyor ve yaşıyorlar. Bizatihi sosyal hayatın yapısı, daha da kabalaşıyor, yaşanmaz hale geliyor. Ulusun kabalığının yumuşatılmasını, ulus kitlelerinin eğitilmesini kimse düşünmüyor. Hiç kimse, hiçbir şey yapmıyor. Bilgili kimseler, bilgileriyle, ulus kitlelerinin erişemeyeceği zirvelerde oturuyorlar. Gazeteler ve kitaplar, ulusun anlayamayacağı bilgece bir dille konuşuyor. Eski Yunanlarda bilge Sokrat, halk kalabalıklarıyla meydanlarda yüksek hakikat ve hayatın güzelliği üzerine yıllar yılı sohbet etmişti. Peki bizde nerede, böylesi eğitmenleri ulusun?

Milyonlarca insana tek bir okul: meyhane kalmış halde. Neredeyse her bir evde votka satışı, ulusun aklını zehirleyen şeylerin satışı hiç bitmiyor, ve ulus yıllar yılı, yaşadığı yerin hiçbir köşesinde güzel bir hayatla ilgili akıllı sözler, canlı konuşmalar işitmiyor... Ve sonra sayısız bey, ulusun alt kesimlerinin kaba, ayyaş, tembel, kıskanç, herkese ve her şeye karşı öfke dolu olmasına şaşıyor, hayret ediyor, içerliyor.

"Beyler!" dedi Järvinen, halk üniversitesinin profesörlerine: "Siz, ölçülemeyecek kadar büyük bir iş yapıyorsunuz. Hayatın bilgeliğini sokağa, ulusun kalabalıklarına taşıyorsunuz... Ama biliyorsunuz: sizin okullarınızdan da hayatın bilgeliğini bilmeyen aynı türden kalabalıklar çıkacak. Onların kafaları kitabi bilgilerle dolu, ama hayatın bilgeliği yok. Entelijensiya değil onlar. Entelijensiya müsvettesi... Pahalı, siyah, kırmızı ağaçlardan, palmiyelerden mobilyalar vardır, bir de bu siyah, kırmızı ağaçların taklitlerinden yapılmış olanlar. Meşeye benzetilir bunlar. Cevize. Ama ne meşedir, ne ceviz. Taklit. Palmiyeye benzetilir ama taklittir.

Yüksekokul diplomasına sahip binlerce insan da böyledir. Entelijensiya değil, onun taklididirler... Öğrencilerine, bu yüksekokulların diploma atölyeleri değil, canlı mum fabrikaları, bütün ülkenin zihinsel ve ahlaki aydınlanmasının merkez garları olduğunu söyleyin.

Ve gerçekten böyle olsaydı eğer, inanın ki Karokep'ler nadir görülen hastalıklı istisnalar olurdu, Järvinen'lerle ise her adımda karşılaşırdınız. Bütün ulus, çok başlı bir Järvinen olup çıkardı. Her yerde ağaç kralları, kâğıt kralları, akıl kralları, bilgi kralları olurdu. Bütün ülke bilge bir yaratıcılığın krallığı, ulusun tokluğunun krallığı, vicdanın krallığı olurdu... Ulus kitlelerine bilge ve canlı sözler söyleyin yalnız. Bilgece bir hayatın güzelliğini anlatın. Halkta bilgece emeğe, aydınlık ve mutlu bir hayata yönelik tat, arzu, irade geliştirin...

Bencileyin sefil yetim, sokak çocuğu, Suomi'mizin büyük ve bunu da söyleyeceğim, iyi bir gücü oldum. Nasıl oldu bu? Bir bilge konferans sayesinde. Talihli bir tesadüf sayesinde.

Küçük bir şekerleme dükkânım vardı o zaman ve demin dediğim gibi, önümde duran darkafalı ve sıkıcı yolundan hayatın, küçük kazançlardan bunalıyordum... Bazen, bayramlarda, içiyordum da. Ama bir gün ünlü bilim adamımız geldi bizim şehre ve sokakların köşelerine ilanlar astı:

"Yaşlıları da çağırıyorum, çocukları da. Bilgilileri de çağırıyorum, okuma yazması olmayanları da. Bütün hayatımı Suomi'mize verdim ben. Siz de pazar günü bir boş saatinizi bana hediye edin. Ve bu boş saatinizden, umut ederim ki, değerli Suomi'miz için faydalı olacak, uzun yıllara yayılan bir hayat yükselecek."

Hayatımda iki, üç defa konferanslara katılmıştım. Tanıdıklarım da olurdu. Ama sonra, ayağımızı kesmiştik. Anlamı yoktu. Kimsenin bir üniversite kürsüsüne almayacağı kimseler konferans veriyorlardı. Kimileri yaşlı, sözümona âlimlerdi; bir bilimsel saçmalık hakkında mır mır mırıldayan dişsiz bunaklar.

Kimileri de, daha genç olanlar, kendine âşık şarlatanlardı. Akıllı fikirler yerine bayat bir hamurdu sundukları. Ve kimileri, eğitim bakanlığından memurlardı. Dolaşıyorlardı ya ülkede, sırf yolluklarını almak, kontenjan kotalarını doldurmak için.

Onların konferansları boş olurdu. Ama bu bilim adamının alışılmadık daveti, çok kimsenin ilgisini çekmişti. Salon dolmuştu. Ben de oradaydım. Ve o konferans, beni ateşledi. Uykudan uyandırdı. Hayatın anlamını gösterdi bana. Bu anlamı nasıl gerçekleştireceğimi öğretti.

Konferansın konusu "Çalınmış bir kitap" idi ve bilim adamı... Robinson Crusoe'yu anlatıyordu. Ama nasıl anlatıyordu! Sokrat'ın sözleriydi bunlar: Bir filozofun bilgeliği ve bir çocuğun yalın dili. Profesör diyordu ki:

İnsanlık, daha ziyade büyük bir çocuğa benziyor. Aptal, küçük çocuklar gibi, kavgalarla, savaşlarla çözüyor ihtilaflarını. Aptal çocuklar gibi, tanrı hakkında ve hayatın kutsallığı hakkında yaptıkları tartışmalarda sırf kapris, sırf inat. Tanrıyı değneklerle, taşlarla, idamlarla ve ateşlerle savunmak istiyor. Aptal çocuklar gibi, bilgelikten kendine oyuncak ve eğlence yapıyor. Hepiniz duymuşsunuzdur Robinson Crusoe'yu, okumuşsunuzdur da. Ne zaman okudunuz? Çocukken.

Robinson'un hayat hikâyesinden küçük çocuklar için bir eğlence çıkarmışlar. Oysa bu, büyük ve yüce olmak isteyen ulusların bilgeliği için bir ders kitabıdır. Robinson Crusoe, bu dünyadaki en büyük kahramandır. Bütün kahramanların kahramanıdır. Romul'lardan, Sezar'lardan, Napolyon'lardan da büyük bir kahraman. Medeniyet çabasının kahramanı. Engel tanımaz bir iradenin canlı örneği.

Robinson Crusoe, İngiltere'nin gücünün ve şanının anlaşılması için anahtardır. Yeryüzünde bahtiyarlığın peygamberi ve havarisidir. Bilgedir, Leopardi'den, Schopenhauer'den, Hartmann'dan yüz baş daha üstündür. İnsanlığın daha iyi bir hayat mücadelesinde zaferin müjdecisidir.[1]

İnsan, yeryüzünün ve yeryüzündeki hayatın efendisidir, diye öğretir Robinson. Kelimelerle değil, hayatındaki olaylarla öğretir. İnsan, insanın dehası, onun iradesi ve bilge aklı, doğanın bütün karanlık güçlerinden daha güçlüdür.

Yorgun ya da hastalıklı bir zafiyet içindeki beynin incelikli akıl yürütmelerini boş verin, der Robinson. Canlı faaliyete girişelim biz. İşte, ben. Denizdeki fırtına gemimi batırdı. Sadece vatanım değil, bütün medeni dünya çok uzakta. Sadece bir genç adam hayatta kaldı. Boş bir adaya attı onu fırtına. Aç, çıplak. Ne oldu peki? Öldü mü? Umutsuzluktan öldürdü mü kendini?... Robinson, bu ağır şartlarda, batık gemiden toplayabildiği her şeyi topladı adada. Kendine bir ev yaptı. Buğday ekti. Vahşi keçileri evcilleştirdi. Sonraları, vahşi bir adamı ehlileştirdi. Ondan medeni bir dost ve yardımcı yaptı. Tok, müreffeh bir hayat kurdu kendine.

Ve bir başına!... Bir genç!... Boş bir adada!

"Finli kardeşlerim!" diye bağladı profesör, konuşmasını:

Bizim bu halkımız, iki milyon Fin, gerçekten daha mı zayıf, çaresiz, yeteneksiziz, neredeyse bir çocuk olan Robinson'dan?

Sayın profesörler, rahipler, hâkimler, mühendisler, devlet memurları, avukatlar, genç Suomi'nin evlatları, entelijensiyamızın çiçeği, neden ulusumuzun içinde Robinson'lar olmak istemiyorsunuz? Robinson boş bir adada, bir vahşiden medeni bir dost ve yoldaş yaptı kendine. Sizin ise büyük şehirlerinizde, yüksekokulların, gazete binalarının tiyatroların ve müzelerin duvarlarının yanın-

---

(1) Giacomo Leopardi (1798-1837), İtalyan romantik şairi; Arthur Schopenhauer (1788-1860), Alman irrasyonalist filozofu; Eduard Hartmann (1842-1906), Alman idealist filozofu.

da, tek bildiğiniz, milyonlarca halkınızın cahil, ayyaş, kaba, neredeyse ilkel vahşiler olduğundan şikâyet etmek.

Robinson örneğini alın karşınıza ve sizin, etrafınızdaki hayatla ilişkinizi düşünün.

"Bu konferans gözlerimi açtı," diye devam etti Järvinen:

"Sırtımdaki kambur yerine bir anda kocaman ve güçlü kanatlar çıktığını hissettim. Manevi bir bahadır gibi çıktım konferanstan. Büyük, güçlü bir insan olmak istiyordum. Bizim Suomi'miz için büyük bir şeyler yapmak istiyordum.

Ne yapabilirdim ki? Bencileyin, basit bir şekerleme tüccarı? Malı mülkünün hepsi ancak iki bin mark?

Neredeyse zorla alıp konferansa götürdüğüm üç arkadaşım da böyle diyorlardı bana.

Biri, ayakkabıcıydı.

Biri, demirci.

Üçüncüsü de pazarda tavuk yumurtaları satıyordu.

"Amma da kahramanlar!" diye acıyla alay ediyorlardı konferanstan dönüş yolunda. "Biri yumurta satıyor. Biri ayakkabıcı. Sense çocuklara ballı çörek satıyorsun. Amma da Robinson çıkar ya bizden!"

Ama ben bir esin içindeydim. Ben, tatlıcı, şair olup çıkmıştım. Kelimeler su gibi akıyordu dilimden. Dedim ki:

"Ben bir tatlıcı olarak neden kendi işimde Robinson olamayayım ki? Sadece ballı çörek ticareti yapmak zorunda değilim. İşimi balla büyütebilirim. Balı bütün ülkeye yayabilirim. İyi, lezzetli şekerlemeler yapacağım. Böyle yiyecekler yapacağım. Hem işçilerin, hem fakir köylülerin alabileceği şekerlemeler. Şekerleme kralı olacağım."

"Ee, ya biz?" diyerek gülüştüler arkadaşlarım.

"Siz de yapabilirsiniz: Biriniz ayakkabı kralı olur, biriniz yumurta kralı, biriniz de demir kralı."

Hayallere daldık. Hepimiz birden benim eve gidip şafağa kadar konuştuk.

Ne oldu dersiniz? Birkaç yıl geçti ve gençlik planlarımızı gerçekleştirdik. Ayakkabıcı para biriktirip üç yıl Paris'teki çok iyi bir atölyede çalıştı. Sanatkâr bir ayakkabıcı oldu. Şimdi iki oğlu da onunla birlikte çalışıyor. Yüksekokulu bitirdiler. Biri kimyacı, Finlandiya'daki en büyük deri fabrikasının sahibi, onun başında bulunuyor. "Ukkonen ve Oğulları"[1] markası, bütün Avrupa'da ünlü. "Ukkonen" ayakkabı mağazaları da sadece Finlandiya'da değil. Mağrur "Ukkonen Ayakkabıları" tabelasını Londra'da Piccadilly'de, Paris'te de D'Opéra Bulvarı'nda görebilirsiniz. Bunların ve ayakkabı atölyelerinin başında, Ukkonen'in küçük oğlu var. Almanya'da, Jena Üniversitesi'ni bitirdi. Dediklerine göre bir Parisli gibi Fransızca konuşuyormuş; İngiliz tahtının genç varisi, Victoria'nın oğlu, moda işleriyle ilgili prens Edward ise ayakkabılarını sadece genç Ukkonen'den sipariş ediyor ve arkadaşlarıyla sohbetlerinde ondan yarı şaka yarı ciddi meslektaşım diye söz ediyormuş. Diyormuş ki:

"Siz ve ben, iki kraliyetin varisleriyiz. Ben, İngiltere kraliçesinin oğluyum, siz ise Finli ayakkabı kralının oğlu. Sanırım," diye ekliyormuş neşeli prens Edward, "siz bu unvanınızı benden daha çok hak ediyorsunuz."

Bu iki genç Ukkonen, her yıl Finlandiya'nın onlarca seçkin gencine kendi hesaplarından, Almanya'daki Virchow, Paris'teki Pasteur ve Amerika'daki Edison laboratuvarlarında yüksek öğrenimlerini tamamlama imkânı sağlıyorlar.

Görüyorsunuz ya, Robinson'la ilgili o bilgece konferans sayesinde doğdu bunlar. Ama dahası da var.

(1) Finlandiya'da böyle bir marka yoktu.

Pazarda yumurta satan Tomas Gulbe de, ismi İngiltere'nin, Fransa'nın ve Almanya'nın başkentlerinde bilinen bir yumurta kralı oldu.[2]

Tomas Gulbe yumurta satın almaya köylerden başladı. Her kulübeden 2-3-7-10'ar yumurta topluyordu. Küçük manufaktur işine girişti ve sonra da topladığı binlerce yumurtayı sandıklarla yabancı yumurta firmalarına satmaya başladı. Sadece, en fazla iki-üç günlük taze yumurtalar alırdı. Ve her bir yumurtanın üzerine kendi etiketini basardı: Tomas Gulbe. Bir yıla kalmadan Londra, Paris ve Berlin'in en iyi lokantaları, T. Gulbe markası taşıyan yumurtalar istiyorlardı.

Gulbe, artık Suomi'nin ücra köşelerinden yumurta toplamak için kendisi dolaşmaya zaman bulamıyordu. Bu iş çok da masraflıydı. Bu yüzden Finlandiya'daki bütün halk eğitim kuruluşlarına yazdı. Büyük, ama aynı zamanda basit bir plan yaptı. Ülkeyi I, II, V, VII, X, XX vb. numaralarla bölgelere ayırdı. Bunların altında da Arap rakamlarıyla her okulu 1, 2, 3... diye numaraladı.

Öğrenciler okula gelirlerken yanlarında 2, 3, 7, artık o gün evlerinde ya da komşularında ne kadar çıktıysa, yumurta getiriyorlar. Bu yüzden çok taze oluyordu yumurtalar ve öğretmenler de yüzlercesini topluyorlar. Öğretmen her bir yumurtanın üzerine bölgenin, okulun numarasını ve üreticinin isim kodunu yazıyor.

Üzerinde bunlar yazılı yumurtalar o gün paketleniyor ve Abô'ya, T. Gulbe'nin depolarına gönderiliyor. Vardığı gün de sandıklar gemilere yükleniyor. Ve Finlandiya yumurtaları üç-

(2) Böyle biri de yoktu. Aslında Finlandiya, I. Dünya Savaşı'na kadar, esas olarak Rusya'dan yumurta ithal eden bir ülkeydi. Finlandiya'dan sistemli yumurta ihracı ancak 1920'lerden sonra başladı.

dört güne kalmadan Paris, Londra, Brüksel, Anvers'te bir lokanta masasında oluyor.

Eğer üretici, bayat yumurta çıkarır ve diyelim Londra'da lokantadaki müşteri hoşnutsuz kalırsa, Gulbe'nin Abô'daki deposuna açık bir mektup gönderiyor: "Yumurta VII, 15, N, 5 Nisan; bayat."

Gulbe'nin Abô'daki depolarında hemen açığa çıkıyor: VII numara, Kuopio bölgesi, 15: oradaki öğretmenin numarası, N harfi, oradaki üreticinin kodu. Böylece oradaki öğretmenin adresine bir mektup uçuveriyor: "Dikkat edin; üretici Mäkinen 5 Nisan'da size bayat yumurta getirmiş."(1)

Tomas Gulbe on yıl içinde Finlandiya'nın yumurta kralı oldu. Abô'da yazlık soğutucuları, kışlık sıcak hava depoları var. Finlandiya'nın bütün bölgelerinde de safkan tavuk çiftliklerine sahip; buralardan köylülere tavuk satışları yapıyor. Yumurtacılık tavukçuluğu doğurdu, kümes hayvanları ticaretini doğurdu. Böylece ev hayvancılığı da gelişti.

Tomas Gulbe, bir milyoner; ama en önemlisi, her gün yurtdışından gelen milyonlarca markı da Finlandiya'nın köylülerine veriyor.

Tomas Gulbe Şirketi'nin tüzüğüne, uzun zaman önce, firmanın kârından yüz bin rublenin **her yıl** köylerdeki kütüphaneler için ayrılması maddesi konuldu. Ayrıca bir yüz bin, en gelişkin köylülerin emsal teşkil edecek ziraat eğitimi almak üzere yurtdışında Danimarka, Hollanda ve İsveç'e gönderilmeleri için ayrılıyor. Ve diğer bir yüz bin mark da seçkin bilim adamlarının, yazarların, ressamların ve sanatçıların yurtdışı seyahatlerinde kullanılmak üzere.

---

(1) Aslında bu formülü bizzat Petrov'un ürettiği biliniyor. Rusya'da devrimden önce yazdığı bir makalede bundan söz eder.

Her yıl üç yüz bin mark! Ve sekiz yıldır böyle! Şimdiden iki buçuk milyon! Ve bu, yumurtadan gelen kazancın ancak küçük bir bölümü!

Sizi daha fazla bunaltmamak için, "tahtımın" hikâyesini, küçük bir tatlıcı dükkânından nasıl "şekerleme kralı" olduğumu anlatarak bitireceğim.

Robinson hakkındaki konferanstan sonra, kendi işimin Napolyon'u olmaya karar verdim. İlkin Finlandiya'yı zapt etmeye, sonra da Avrupa'yı kolonim haline getirmeye karar verdim. Okuma yazması kıt ve fakir bir Fin için, gördüğünüz gibi, fazlasıyla cüretli bir plan. Ama kendi kendime dedim ki: gerçekleştireceğim bu planı! Hedeflerime ereceğim!

Ve eriştim. En küçükten başladım: küçük bir şerbetçi atölyesi açtım. Bugün de çalışıyor. Ahşap bir bina, saman ya da patates konulan ambarlara benziyor. İşletmek de çok kolaydı ama bende bunun için para yoktu. Banka müdürüne gittim ve dedim ki: Finlandiya'yı fethetmek istiyorum ben. "Şekerleme kralı" olmak istiyorum. Planımı, hayallerimi anlattım.

"Deneyin," diye cevap verdi müdür! "Gelecekteki tahtınızın riskinizi üstleniyoruz." Onun bu kanatlandırıcı sözleriydi işte önümü açan.

İş başarıyla ilerledi. Şerbet aparı, sel gibi yoğun, tatlı akıyordu. En iyi şekerler. Ben, ilkin köyleri dolaştım. Patates karşılığı şerbet verdim. Patates, şerbete döndü. Sonra tekrar takas ettim.

Beş yıl geçmeden, Finlandiya'nın farklı yerlerinde beş tane böyle fabrikam vardı. O zaman, yeni bir işe giriştim. Bizim ormanlarda ahududu çok olur. Kışın köylülere, ahududuya karşılık bin kilo şerbet dağıtıyordum. Yazın da çocuklar arabalar dolusu ahududu getiriyorlardı. Bu ahududulardan reçel yapmaya başladım. Üstelik neredeyse bedavaya geliyordu. Ustabaşım, "Şalgam haşlamasından bile ucuz," diyordu. Köylüler ve işçiler, Järvinen'in reçellerini ekmekle yiyorlardı, sık sık öğle, akşam yemeği yerine geçiyordu bu. Tatlı, lezzetli, ucuz ve doyurucuydu.

Ertesi yıl ormanlardan çıkan ahududu bana yetmez oldu. Rusya ve Almanya'dan en iyi cins ahududu almaya başladım. Rusya'dan, orada ünlü olan Vladimir vişnesi de getirtiyordum. İrlanda'dan da en tatlı cins patates.

Köylerde dolaşıyordum. Onlara nasıl ekeceklerini, nasıl işleyeceklerini öğretiyordum. Bütün Finlandiya, koca bir fabrika gibi olmuştu benim için. Binlerce sinir, damar, kas ve lif, halkla bağlıyordu beni. Manastır keşişi gibi, işimle yaşıyordum. Sadece şerbet, patates, ahududu ve vişne düşünüyordum. Onlardan reçel yapmayı. Yardımcılarım da adeta ressamları, şairleriydiler şerbetin ve reçelin. Üründeki her iyileşme, onları mutlu ediyordu.

Tek kaygım vardı: Järvinen'in reçellerinin her yıl giderek daha da ucuzlaması ve iyileşmesi. Üzerinde Järvinen yazısı olan konservelerin girmesi, bütün Fin köylülerinin kulübelerine. Salcıların tomrukları ormanlardan göllere ve nehirlere bu konservelerle taşıması. Reçine toplayanların aylarca bunlarla yaşaması ormanlarda.

Bir İngiliz ormancılık şirketinin müdürü Finlandiya'daydı. Bizim işçilerin yiyeceklerini tattı. Benim reçelden yedi. Dedi ki: "İşçi yiyeceği değil bu, düpedüz kraliyet tatlısı." Fiyatına da inanamadı.

Sordu: "Size elli bin konserve kutusu sipariş etsem, şu söylediğiniz fiyata gönderebilir misiniz bana?"

Düşündüm. Kafamda hesap yaptım ve cevap verdim: "Bu durumda size yüzde iki indirim yapabilirim."

Järvinen'in reçelleri, İngiltere'ye gitti. Sonra Danimarka'ya, Hollanda'ya, Belçika'ya, Almanya'ya, Fransa'ya, hatta Amerika'ya.

Benim işlerin farklı şubelerinde kimyacılar, uzmanlar bulunuyor. Üç ziraat ve bahçecilik profesörü Finlandiya'yı dolaşıyor, köylülere patates, ahududu, vişne ve diğer yemişlerin ekimi, yetiştirilmesiyle ilgili konferanslar veriyorlar. Yaz için soğutuculu, kış için ısıtmalı araçlarım var. Depolarım ve mağazaların yurtdışına da açıldı. Üç transatlantiğim var. İtalya'nın Messina şehrinden her yıl bir gemi dolusu portakal alıyorum. Sigapur'dan, bir gemi dolusu pirinç. Finlandiya'da sokaklardaki bütün çocuklar benim sayemde istedikleri kadar muz yiyorlar. Şerbet, reçel ve komposto dolu kavanozlarım, rom, İsveç punçu, viski, apsent, porter ve likör şişelerine karşı muzaffer bir savaş veriyorlar. İnsanlar, yemenin alkol içmekten daha iyi olduğunu öğreniyorlar.

"Sayın bilim adamları!" dedi Järvinen profesörlere:

"Şekerin keyif verici bir tatlı malzemesi olmadığını, bundan evvel en temel yiyeceklerden biri olduğunu siz benden iyi bilirsiniz. Tokluğun ve sıhhatin temellerinden biri. Tok bir insan ve tok bir ulus, daha az içer. Bu yüzden tatlı, her zaman acının düşmanıdır. Acı da, tatlının düşmanıdır. Alkolikler tatlı sevmezler, tatlı sevenler ise acı içecekleri sevmezler.

Bu yüzden, Järvinen kavanozları, yeşilaycılığın da misyonerleri. Bunlar, halka sağlık taşıyorlar. Bunların her biri, evin reisinin alıp götürdüğü bir köylü ya da işçi ailesi için gün ışığı gibi aydınlık bir mutluluk demek.

Evin çocukları gözleri, babalarının ellerinde böyle bir kavanozla geldiğini gördüklerinde mutlulukla ışıyor. Annenin gözleri, kocasına tatlı bir minnetle parlıyor; demek ki koca, emek harcayarak aldığı parayı meyhanede sarhoşluk yapan zehre vermemiş, ailesinin mutluluğu ve tokluğu için eve getirmiş."

"Bu yüzden," diye bitirdi konuşmasını Järvinen:

"Depolarımda milyonlarca kavanoz gördüğümde, rıhtımlarda üzerine Järvinen etiketi basılmış binlerce kasa konteyner gördüğümde, ruhum gurur, mutluluk ve bahtiyarlıkla doluyor. Diyorum ki kendi kendime: işte bunlar benim askerlerim, barış askerleri, ulusun tokluğu askerleri, dingin aile saadeti askerleri.

Ve uzun çalışma yıllarımdan ötürü saadetle dua ediyorum. Böyle bir ömür sürdüğüm için dua ediyorum: Biliyorum ki bir anlamı olmadan yaşamadım şu dünyada. Ben, Finlandiya'mın ve diğer, uzak ulusların hayatları karşısındaki sorumluluğunu yerime getirdim. Ve bütün bunları, dâhi bir yazarın bende tanrısal bir ateşin ilk kıvılcımlarını çakan zekice kitabına borçluyum. Size, ulus kitlelerine bilgece aydınlanma tohumu eken siz aydınlara karşı da sorumluyum. Uzaklardan gelen bir profesörün tesadüfen yaktığı bu aziz kıvılcımın sönmesine izin vermediniz. O kıvılcımı üflediniz ve ondan büyük, parlak bir ateş yarattınız. Ruhumun kandilindeki yağı eksiltmediniz, her eksildiğinde doldurdunuz... Teşekkür ederim size!... Sınırsızca teşekkür ederim! Ama bu teşekkürüm, bu aziz uygarlık çabanızın ödülü olmasın. Hayır; yeni ve daha geniş, daha zorlu çabalar için özendirici olsun size.

Ulusların tarihlerini okudum. Daha sonra hem size, hem de birçok başka bilim insanlarına sorup soruşturdum. Kendim de çok, çok düşündüm. Bana kalırsa, yeryüzündeki insanların çoğunluğu yamyamlık aşamasından çıkabilmiş değil hâlâ; yalnız başka türlü yiyorlar insanları. Hükümdarların ve ulusların fetihleri hakkında neden böyle bir saygıyla konuştuklarını anlamıyorum. Bütün bu Büyük İskender'ler, Hanibal'ler, Scipio'lar, Sezar'lar, Şarlman'lar, Napolyon'lar, Moltke'ler, Bismarck'lar ve daha onlar gibi binlercesi ne yaptılar, ne yapıyorlar?[1]

(1) Helmuth von Moltke (1800-1891); Bismarck (1815-1898) ve Albrecht von Roon ile birlikte Alman İmparatorluğu'nun kurucularından sayılan general. Scipio (M.Ö. 236-183); II. Pön Savaşı'nın ünlü Romalı komutanı.

Başkalarının topraklarına el koyuyor, onları soyuyorlar, ama kendileri işlemiyorlar. Kendi uyruklarını milyonlarca arttırıyorlar ama onların arasında, kişisel hayatlarını ve devlet hayatlarını kuracak akıllı, asil kimseleri eğitmiyorlar. Muazzam devletler meydana getiriyorlar, ama bu devletlerdeki halklar fakir kalıyor, aç kalıyor. Milyonlarca insan cahil, aklıyla düşünmüyor, ahlaken kaba. Her yerde sarhoşluk, hırsızlık, kaba bir safahat, hayvan gibi konuşmalar, sefalet, genel ve karşılıklı bir nefret... Ve her şey sakin görünüyor. Tesadüfler, veraset ya da okul diplomalarıyla bu kokmuş ve çürümüş ulus bataklığının içinden çıkabilenler, kendi uluslarının milyonlarını bu karanlıktan çıkarmak için parmaklarını kıpırdatmıyorlar. Cahillerle, ayyaşlarla ve açlarla dolu büyük devletlerin, balçık içindeki büyük taş kulelerden farksız olduklarını düşünmek bile istemiyorlar.

Bu şişirilmiş kahramanlara kaç defa öğretti tarih, kaç defa şiddetle kafalarına indirdi değneğini! Tek bir darbeyle kaç defa paramparça etti fetihleri ve kurnaz Metternich'leri, yırtıcı Toledo'ları![2] Çocukların iskambilden evleri gibi paramparça etti... Ama kimse bunları örnek almıyor. Her gün yeni siyasetçiler bu eski, budalaca, yırtıcı ve cinayet anlamına gelen oyunu tekrar ediyorlar. Devletlerinin sınırlarını hep daha da genişletmeye çalışıyorlar, ama bu engin sınırlar içinde ne ulusun aklını, ne bilgisini, ne de vicdanını genişletiyorlar.

Bizim küçük Suomi'miz büyük, yüce bir devlet olamaz. Sınırları itibariyle yüce bir Suomi istemiyorum ben. Ama onda yüce yurttaşlar yaşasınlar istiyorum. Şu iki milyonluk Suomi halkının binlercesi, binlercesi gelişsin, örgütlensin, hem kendi

(2) Klemens von Metternich (1773-1859); 1821-1848 arasında Avusturya-Macaristan İmparatorluğu'nun şansölyesi. Toledo için bak. s. 4, dipnot.

hayatlarının, hem de ulusumuzun ortak hayatının onurlu ve iyi inşacıları olsunlar istiyorum."

Järvinen, profesörlerin önünde saygıyla eğildi.

"Amin! Öyle olsun!" dedi, üç oğlu Helsingfors'ta profesör olan ihtiyar reçine işçisi Torsten-Forsten.[1]

"Amin! Amin! Amin!" uğultuları yükseldi dinleyicilerin arasından.

Toplantının başkanı ayağa kalktı ve dedi ki:

"Järvinen'in bilgece, yürekten ve güzel sözlerinden sonra başka konuşmaya gerek kalmadı. Järvinen'in konuşması, ulusun alt kesimlerinin yukarılara çığlığıdır: bize gelin ve bize eğitin!"

Järvinen'in bu oturumdaki konuşması, bütün Fin gazetelerinde kelimesi kelimesine yayınlandı. Bu konuşma günün olayı oldu. Uzun uzun onun hakkında konuştular. Bu sayede ulus kitlelerinin eğitimi için orduya yüzlerce sadık gönüllü katıldı.

Bazı şehirlerde zengin tüccarlar, halk üniversitelerine binalar hediye ettiler ya da onlar için yenilerini yaptırdılar. Birçok öğretmen, hâkim ve avukat, rahip ve doktor, akşamları iskambil oynayıp bira içerek vakit geçirdikleri için utanır oldular. Tekrar kitaplara sarıldılar. Daha sonra ulusa öğretmek üzere kendi kendilerine öğrenmeye başladılar.

Birkaç seçkin hoca, diğerleri arasında öne çıktı. Bu yeni davalarından memnundular. Diyorlardı ki: Hayat ilginç, anlamlı, mutluluk verici oldu. Sanki uykudan yeni uyanmışız gibi.

Bütün davetlerde, eğlencelerde, misafirliklerde, küçük de olsa paralar toplanıyordu. Bunlarla, ulus için yeni kitaplar alıyor ve ülkenin en ücra köşelerindeki küçük kütüphanelere gönderiyorlardı. Belli konular belirliyor ve bu konularda yazılacak en

---

(1) Helsingfors'ta profesörlük yapan bu isimde kimse bulunmuyordu.

iyi kitaplara ödüller veriyorlardı. Yazarların onları yayınlamasına yardım ediyorlardı. Ulus kitleleri arasında ucuz fiyata ve yaygın olarak dağıtıyorlardı.

"Biliyor musunuz?" diyordu Snellman, hayatının son yıllarında dostlarına:

"Finlandiyamızın benim çocukluğumda nasıl olduğunu hatırladığımda ve şimdi nasıl olduğunu gördüğümde, şöyle bir tablo beliriyor gözlerimin önünde. Büyük, eski bir ev. Neredeyse bütün pencereleri kapalı. Dışarıdan bakıldığında ölü görünüyor, içi de karanlık, havasız, küf kokulu, sıkıcı. Kasvetli. Ölülerin gömüldüğü kilise mahzenlerini andırıyor. Ama genç, cüretli, güçlü insanlar geliyor. Neşeli insanlar geliyor. Açık alınlı, akıllı yüzlü. İlkin panjurları katlıyorlar. Perdeleri kaldırıyorlar. Pencereleri açıyorlar... Güneş, ışık, temiz hava, canlı çiçeklerin kokusu yayılıyor odalara. Evdeki her şey canlanıyor, neşeleniyor. Ev adeta gençleşiyor. Yabancılar eskiden olduğu gibi hayalet evmiş gibi davranarak uzak durmuyorlar artık ona, hoşnutlukla yaklaşıyorlar. İnceliyorlar. Hayran kalıyorlar."

"Her ülkede, her bölgede böyle bir mucize gerçekleşebilir işte. En ücra köşelerde bile," diye bitiriyordu Snellman sözlerini:

Sadece büyücülere ihtiyaç var: Canlı fikirlerin insanlarına, büyük ruhları olan insanlara, dik başlı medeniyet çalışması yapacak insanlara.

XII

KÖYLÜLÜK

Çocukken, okul yıllarında Snellman'ı yurt ve dünya olaylarının canice veya onun dediği gibi aşağılık bir köle ruhuyla, saray uşağı gibi anlatılması hiddetlendiriyordu. Bütün okul tarih kitaplarında, sonra da profesörlerin verdiği bütün derslerde, sadece krallardan ve çarlardan, bakanlardan, aristokrat ailelerin mücadelesinden, düklerden, generallerden, bunlardan başka da en iyi ihtimalle birkaç yüz büyük bilim adamından, ünlü yazardan ve dâhi sanatçıdan bahsediliyordu. Bunların biyografileri anlatılıyor, savaşlar ve muharebeler, saray entrikaları, diplomasi kurnazlıkları, komplolar ve isyanlar ayrıntılarıyla tasvir ediliyordu.

Oysa kuşaklar boyunca, yüzlerce ve binlerce yıldır milyonlarca halk kitleleri yaşıyordu bütün ülkelerde; ama bunlardan ya geçerken söz ediyor, ya da hiç söz etmiyorlardı.

Milyonlarca köylü, milyonlarca işçi, her meslekten yüzbinlerce zanaatçı, milyonlarca küçük yurttaş, asırlardır yaşıyordu ve tarihin görüş alanının dışında kalarak yaşamaya devam ediyordu.

Ulus kitlelerinin aklının gelişimi, yüreklerinin ve iradelerinin eğitilmesi, halkın milyonlarcasının öğretimi üzerine neredeyse hiç kimse düşünmüyordu. Üstelik, ulusların ne maddi, ne de manevi hayatlarının iyileştirilmesi üzerine de düşünmüyordu hiç kimse.

Tarım işlerini iyileştiriyorlardı, hayvancılığı iyileştiriyorlardı, tuğla, kâğıt, bez imalatını iyileştiriyorlardı, ama kafaları iyileştirmeyi, ruhları iyileştirmeyi, emekçi halkın sağlığını, tokluğunu, hayat şartlarını iyileştirmeyi kimse ne düşünüyor, ne de düşünmek istiyordu.

Ulusun aşağı kesimlerinin hayat, ahlak, karakter ve refahını kaderin ellerine bırakıyorlardı. Sanki kimseyi ilgilendirmiyordu bunlar. Sanki şöyle diyorlardı hep: "Nasıl biliyorlarsa öyle yaşasınlar. Her işin sonu iyiye varır. Ağır ya da çirkin bir şeyle karşılaşırlarsa da sabretsinler canım."

Ulus kitlelerinin her zaman ve her yerde sabretmesi gerekiyordu. Sabır, yokluk ve muhtaçlık yüzünden itaat, ulus kitlelerinin adeta yükümlülüğü olmuştu. Bir sürü şey yüzünden çıkışıyorlardı ulus kitlelerine, hor görüyorlardı onu. Her zaman, her yerde şöyle diyorlardı: Ulus dediğin, ayyaş. Ulus dediğin tembel, çalışmak istemiyor. Ulus kaba, açgözlü, zalim.

Ama ekliyorlardı: Yalnız ulus, bir işte çok büyük; sabır göstermekte. Aç kalıyor, soğukta kalıyor, çamurda yaşıyor ama öfkeye kapılmaksızın sabrediyor.

Ulusun sabrını herkes övüyordu. Göklere çıkarıyorlardı. Gördükçe gözleri yaşarıyordu. Ulusun sabrından, din yapmışlardı. İsa'nın öğretisini bile bir sabır dinine çevirmişlerdi.

Snellman, bu sabır kültünü gördükçe hiddetleniyordu. İki açıdan içerliyor ve hiddetleniyordu: Birincisi, hep isteyen ve kendileri için her tür hürriyet, rahatlık ve esenliğe erişen, ve de halka en kaba, karanlık, çoğu zaman da vahşi zaruretlere dahi sabretmesi gerektiğini anlatan yüksek sınıflara karşı.

İkincisi de, bizatihi sabreden ulus kitlelerine hiddetleniyordu. Onların şu zihinsel kış uykusuna hiddetleniyordu. Ulus kitlelerinin sefaletlerine, kara cehaletlerine, ayyaşlıkları ve bilisizliklerine, hayatlarının bütün maddi ve manevi kiri pasına alışmış, bunları parçası bellemiş olmasına hiddetleniyordu.

"Milyonlarca insan, iki ayaklı domuzlar gibi yaşıyorlar," diyordu Snellman kendi kendine, bu gazap anlarında. "Pislik, cehalet, safahat. Tek düşündükleri tıkınmak. Ama ne yapsınlar?" diye düzeltiyordu sonra kendini. "Bu da onların talihsizliği."

Ve iki tabloyu: Bahçeyi ve ormanı karşılaştırıyordu.

"Bahçeye, her yandan patikalar açılıyor. Patikalara kum serpilmiş – tertemiz, kuru, güzel. Patikaların yanı sıra çiçekler, meyve ağaçları, çalılar. Açıklıklarda tıraşlanmış, besili otlar, her akşam suluyorlar bunları... Bahçenin muhtelif köşelerinde kameriyeler, etraflarında güller ve morsalkımlar. Şurada, burada fıskiyeler. Heykeller. Gölgeli patikalarda banklar. En ufak ayrıntılarda, her bir ağaçta ve çiçekte, düşünüp taşınan, ilgili bir el hissediliyor.

Diğeri, orman tablosu. Her şey vahşi, geçit vermez. Kendi kendine oluşmuş. Ağaçlar ve çalılar nereye denk gelirse orada büyümüşler. Yer yer balta girmemiş; sık. Fırtınanın devirdiği ağaçlar kaldıkları yerde çürüyorlar. Yol olan yer de içinden çıkılmaz. Kimse ne temizliyor, ne de açıyor.

Bahçe, ulusun yukarı sınıfları. Medeniyet de, rahat bir hayat da, sanatların hazzı da, hijyen ve sağlık da onlar için.

Ulus ormanı ise doğa gibi. Onlarla ilgilenen, koruyan birileri olsa, bu canlı orman da ayağa kalkacak... Ulus kitlelerinden milyonlarcası, o bahçedeki insanlar gibi olacak.

Onlar da tabiatları itibariyle akıllılar.

Yetenekliler.

En yüksek manevi gelişmeye bile ehiller.

Sadece çaba göstermeleri gerek. Bu milyonlardan her birine, kelimenin tam anlamıyla insan olma imkânını vermeliyiz."

Snellman böylece hayatının baş görevini belirledi: En geniş

ulus kitlelerinin, köylülerin, işçilerin, küçük yurttaşların aydınlatılması ve çok yönlü eğitimi.

Finlandiya'da halk eğitiminin, ilk haçlı seferini esinleyen Petrus Ambianensis'i oldu. Her yerde ve herkese şunları tekrarlıyordu:

"Bu ülkedeki halkın çoğunluğunun cahilliğine ve kabalığına tahammül göstermek, ayıp. Eğitimli, medeniyet kültürüyle aydınlanmış herkes için bir cinayet demek bu. Devlet, üst katlarındaki odaları geniş pencereli, yüksek tavanlı, alt katlardaki odaları ise kasvetli, havasız, basık, neredeyse tamamen penceresiz olan kulelere benzetmemeli kendini."

"Halk kitlelerinin aydınlanmamışlığı, en temelde devletin işlediği bir suçtur; onun kendini soyması, kendini yıkması, kendini aldatmasıdır," diyordu Snellman.

"Vahşi halklardan bahsederken onların sefil, aç ve ölmekte olduklarını, çünkü topraklarının zenginliklerini kullanmadıklarını söylüyorlar. Oysa en korkunç vahşilik," diye devam ediyordu Snellman.

"Ülkedeki her bir insanın fiziksel, zihinsel ve manevi gücünün kullanılmaması, bu hususta isteksizlik ve beceriksizliktir. En iyi, pahalı ağaçların milyonlarcasıyla dolu bir orman hayal edin. Eğer hiç kimse işlemez, korumaz ve temizlemezse bu ormanı, kime ne hayrı olur? En dev ağaçlar bile fırtınalarda yıkılır. Çürür. Çürüyen, yağmur suyunu kendine çeker. Orman bir bataklığa, sıtma yatağına döner. Değerli inşaat malzememizin yerine bataklık çamuru vardır şimdi.

Sağlıklı orman havası yerine yüzlerce kilometre boyunca leş kokusu yayılır. Büyük bir esenlik yerine büyük bir kötülük."

"Şunu anlayın," diyordu Snellman:

"Ülkedeki her bir sağlıklı, gelişkin emekçi, büyük bir değer taşır. Hiçbir şey yapamıyorsanız paraya vurun: Ülkedeki her bir insanın karnını doyurmak kaça patlar! Kaç para harcanır ona! Ve eğer canlı, iyi güçler olarak yetiştirilmiş olsalar, ne büyük faydalarda bulunabilirler bunlar ulusa!

Şimdi de, ulus kitleleri akıllıca eğitilmiş olsalar her biri ayık emekçiler olacak kaç ayyaş olduğunu düşünün ülkede. Kaç kişinin okuma yazma bilmediğini, tembel olduğunu ve nihayet kaç kişinin suçlu olduğunu sayın. Eğer ilk çocukluk yıllarında, sonra da insanın karakterinin şekillendiği gençliklerinde başlarında kimse olmadan hayat ormanının karanlığına bırakılmamış da akıllıca eğitilmiş olsalardı, nasıl da hayırlı evlatları olabilirlerdi ana-babalarının!"

Snellman böyle fırsatlarda Avrupa'ya yaptığı seyahatlerden birinde karşılaştığı bir olayı anlatmayı severdi. Almanya'da, Berlin'de, Avusturyalı büyük bir yazarla karşılaşmıştı.[1] Bu yazar köken itibariyle safkan bir Slavdı aslında ama sadece Almanca yazıyordu. Ve onlarca yıl boyunca, yetenekli bir sofist olarak, gazetelerdeki sayısız makalesinde, parlak siyasi broşürlerinde, Alman Avusturya'sının güney Slavları: Galiçya Lehleri, Çekler ve Slovaklar, Voyvodina Sırpları, Hırvatlar ve Slovaklar üzerindeki siyasi ve kültürel iktidar hakkını kanıtlamıştı.

"Slavlar yumuşak, kadınsı bir ırktır," diye yazıyordu bu dönek: "Hayal dünyalarında yaşarlar ama hayalcilikleri şairane değildir. Doğuştan tembeldirler. Türk tecavüzcülerin kölesi oldukları uzun asırlarda çalışmaya karşı iliklerine kadar tiksintiye kapılmışlardır. Bunlar, aylak kabileleridir. Talihsizlik halinde, insa-

(1) Snellman 1840-1841 yıllarında üniversitelerini ve akademik hayatını incelemek için Almanya'ya uzun bir gezi yapmıştı. Daha sonra bu seyahat notlarını kitaplaştırdı. Ancak ne bu notlarda, ne de başkaları tarafından yazılmış biyografilerinde, böyle bir yazarla karşılaştığından söz edilmez. Belli ki bu da Petrov'un uydurmasıdır.

ni erdemleri kirleten ve medeni Avrupalıları hiddetlendiren bir sefalet ve pislik içinde yaşamayı tercih ederler.

"Durumları iyi olduğunda, bilhassa da ticarette ve siyasette, vicdansız, allancı, hain, acımasız, becerikli dolandırıcılardır. Kolay ganimet edinmeyi arzularlar, kolay ve çabuk kazandıkları şeyleri de aynı kolaylıkla kaybederler. Bunlara, akıllı ve disiplinli Alman okulu lazımdır," diye yazar bu dönek. "Slavlık, sık, uzun ve yumuşak tüylü, leş kokan ve pis bir postun kürkü gibidir. Bu postu Alman tabakçısına vermek gerekir, ancak o zaman güzel ve sıcak bir kürk haline gelebilir."

Bu dönek yazar çok yetenekliydi ve çok yönlü, parlak bir eğitim almıştı. Bütün Avrupa dillerine hâkimdi. Açık, etkileyici, zekice yazıyordu. Yazdıklarında bütün ülkelerin ve çağların yazarlarından felsefi, tarihi ve edebi alıntılar olurdu. Avusturya hükümeti de parasını iyi ödüyordu.

Aslında fena bir adam değildi bu dönek yazar. Aklı bir karış havadaydı. Kumar oynamayı, pahalı kadınları severdi. Tabii bunlar da büyük paralar gerektiriyordu.

Tartışmasız yeteneği ve sağlam eğitimi sayesinde haysiyetli işlerden de para kazanabilirdi. Ama bunu yapmak için ruhunda bir cevher gerekti. Hem zihinsel, hem ahlaki bir saflık ve güzellik lazımdı bunun için. İdealizm lazımdı.

Ama bunlar, dönek yazara yabancıydı. Avusturya'daki genç öğrencilik yılları, Metternich'in giderek ağırlaşan gerici iktidarına denk gelmişti. Metternich, bu eski saray tilkisi, Bizans sarayından çıkmış bir hadımla bir Türk paşasının Avrupalı bakan suretindeki bu karışımı, bütün siyasetini, hem kişisel iktidarı hem de kişisel zenginleşmesi için uyguladığı politikayı, Avrupa ulusları bilinçli bir şekilde bozmak, yoldan çıkarmak üzerine kurmuştu. İnsanların büyük bir eğlencesi olduğunu biliyordu. Rüşvetti bu. Rüşvetle ilgili özel sekreterleri, uzmanları vardı.

Bu da kendince bir yetenekti elbette: Kimi, neyi, ne zaman satın alacaklarını biliyorlardı.

Bu genel yiyicilik ve para hırsı, hem de kolay ve çabuk yoldan para hırsı, Metternich zamanının dini olmuştu. Ahlak oksijeni yetmiyordu topluma. Aydın sınıfların büyük bölümü de Metternich döneminin fırtınalarıyla zehirlenmişti. Genelde aydınlık her şeye karşı hassas olan gençlik, manen çöktü. İdealleri olmayan, prensipleri olmayan bir gençlik çıkıvermişti.

Onların elinden tutacak büyük idealleri yoktu.

Saf ateşler yoktu.

Kutsal sunaklar yoktu.

Liderler, kahramanlar yoktu.

Bu bozulan manevi atmosfer içinde yetişmişti o dönek yazar da. İçinde bir ahlak sezgisi yoktu sanki. İdealler, idealleri için mücadele, gülünç, samimiyetsiz, teatral görünüyordu ona. Ve bu türden Schiller budalalıklarına gülüyordu – hayatın hakikat ve güzelliği arayışına öyle diyordu.

Yıllar geçtikçe kendinden emin bir sinik olup çıktı. Bir Slav olarak Almanları hoşnut etmek için Slav uluslarının hem ruhuna, hem aklına, hem hürriyetine tükürmek, gerçek bir haz veriyordu ona. Yazı çizi işlerini, aslında cinayetten farksız olan bu işleri "vicdanı tertemiz halde" yaptığını söylüyordu.

"Almanlar iyi para ödüyorlar, ben de onların karnını iyi doyuruyorum. Benden ne istiyorsunuz?" diyerek utanmazca alay ediyordu Slav soydaşlarıyla bu dönek yazar. Floransa'da ve Venedik'te, iki büyük İtalyan heykeltıraşının, Donatello ve Verrocchio'nun iki ünlü eserini görmüşsünüzdür. Venedik ve Floransa, bu iki şövalyenin, bu iki paralı asker ve savaş ağasının heykelini dikmiş. Venedikliler ve Floransalılar iyi para ödüyorlarmış bunlara; onlar da 'vicdanları tertemiz halde' gayet güzel hizmet ediyorlarmış paralarını ödeyenlere. Kahramanca savaşmışlar paralarını ödeyenlerin – Venedik ve Floransa'nın düşmanlarıyla. Ve İtalya'nın bu iki büyük cumhuriyeti, kahramanlarının, bu paralı askerlerin anısına o anıtları dikmiş.

"Eğer Milan, Cenova, Pisa, Verona ya da Roma daha çok ödeselerdi bu iki şövalyeye, onlar da tıpkı Venedik ve Floransa için yaptıkları gibi, kahramanca hizmet ederlerdi Milano, Cenova ya da Roma'ya.

"Ben de bir edebiyat şövalyesiyim," diyordu bu dönek yazar, Slav kardeşlerine. "Bütün hayatım boyunca Almanların verdiği aynı parayı ya da az daha fazlasını ödeyin bana, sizin için savaşırım... Yapamaz mısınız bunu? Yapmak istemez misiniz? Öyleyse darbelerimin altında kalın ve savunun kendinizi, güçlü ve becerikli düşmanlarla kılıç tutuşmayı severim ben."

Slavlar hor görürlerdi bu edebiyat yılanını, ama Almanlar "parlak yazar"a ve "cesur Slav filozofu"na büyük değer verirlerdi.

Snellman Berlin'deyken tesadüfen bu dönek yazar da oradaydı. Snellman Finlandiya'dayken onun edebiyat çalışmalarıyla ilgili hiçbir şey işitmemişti. İsmini bile duymamıştı. Burada, Berlin'de ise bu iki medeniyet havarisini (Almanlar öyle diyorlardı) bir şölenle onurlandırdılar.

Şölenin sonunda, artık pek az konuk kalmışken, Snellman bu Slav "medeniyet havarisi"ni bir kenara çekti ve onunla uzun uzun, medeniyet yolunda henüz genç ulusların ülkelerindeki uygarlık çalışmasının görevleri hakkında konuştu.

"Samimi olalım," dedi Snellman:

"Almanlar, ruhlarının derinlerinde küçük görüyorlar bizi; hem Finleri, hem Slavları. Geçmiş söz konusu olduğunda haklılar, gelecek söz konusu olduğunda değiller. Biz Finler, ve daha ziyade de siz Slavlar, büyüyen bir gücüz. Onlar işlenmiş toprak, bizse el değmemiş, derin, humuslu kara toprak... Tek gereken işlemek bu toprağı. Biz genç uluslar, Almanlardan, Fransızlardan ve İngilizlerden iki kat, üç kat, on kat daha çok çalışmalıyız. Onlara yetişmeliyiz... ve geçmeliyiz!"

"Geçeceğiz de!" dedi Snellman, esin gelmiş gibi:

"Sadece yurttaşlarımızı aydınlatmakla kalmayacağız. İlkokullarla, köylere kütüphaneler kurmakla yetinmeyeceğiz. Her bir köylünün, balıkçının, ormancının kulübesine bilginin ateşini sokacağız. Küçük yaşlardan itibaren, güçlü, gelişkin, asil bir kuşak olsunlar diye eğiteceğiz çocukları."

Ve Snellman, bu en sevdiği konuda uzun uzun, heyecanla konuştu, karşısında Slav uluslarının medeniyetinin bir havarisi olduğunu düşünerek.

Avusturyalı sinik ise ilkin yüzünde her zamanki meşum tebessümle dinledi onu, bir yandan da düşünüyordu: "Hey tanrım, ne sıkıcı bir hilkat garibesi bu!"

Ve Snellman'ı durdurmak için bahane aradı, ama sonra, Snellman'ın sözleri, ateşli ruhu, siniğin kalbindeki buzları da eritti. Bir şişe konyak istedi ve koca koca bardaklarla içmeye koyuldu bunu. Snellman ise hep olduğu gibi heyecan içindeydi ve muhatabının şişenin dibini bulduğunu fark etmedi.

Adam artık iyiden iyiye zil zurna olunca ansızın yerinden kalktı. Ağır, büyük bir ayı gibi yaklaştı Finlinin yanına ve dedi ki:

"Yeter artık, sevgili Snellman! Yüce ruhunuzun kutsal ateşini daha fazla harcamayın. Ulusunuz için saklayın onu. Ne talihli bir insansınız siz. Ve böyle insanlara sahip olduğu için, ulusunuz da ne talihli... Yarın sabah yurdunuza döneceksiniz. Böylesi, iyi. Sizinle burada karşılaştık. İlk defa. Önce ne siz beni tanıyordunuz, ne ben sizi. Ancak sizi tanımış olmak iyi mi benim için, bilmiyorum... Eh, sevgili Snellman, böyle sıra dışı... granit gibi sert… nereden çıktınız siz? Ve neden sizinle, böyle geç bir vakitte tanıştım ben?"

Saat gece yarısını vurdu.

"Geç, ama gece yarısı oldu diye değil. Hayatımda geç kaldım," diye acıyla içini çekti Snellman'ın muhatabı… "Eğer gençliğimde görmüş ve dinlemiş olsaydım Snellman'ı, ben de, bütün kuşağım da farklı insanlar olurduk. Ama geç kaldık, geç… Gidip yatalım artık. Aramızda, sevgili Snellman, gülünç… ve korkunç bir yanlış anlaşılma var… Elinizi verin bana."

Snellman elini uzattı. Muhatabı ansızın öpüverdi bu eli.

"Ne yapıyorsunuz siz?" diye diklendi Snellman.

"Durun!" dedi muhatabı, kasvetli bir edayla. "Elinizi öpüyorum… İnsanlığın yüreğindeki Snellman'lığın elini öpüyorum… Ruhumdaki sevgili bir ölünün elini öpüyorum…"

"Anlamıyorum sizi," dedi Snellman şaşırarak.

"Anlamanıza da gerek yok," diye gülümsedi kafayı bulan adam. "Hem zaten anlayamazsınız da… Dilerseniz, Slav ruhumun bir özelliği diye görün!"

Snellman ertesi sabah ayrılıp Suomi'sine döndü, 15-20 gün sonra da Viyana'dan bir mektup aldı. Tuhaf bir mektuptu bu. İmza da yoktu. Sadece kısacık beş satırdan ibaretti:

"Ruhumu altüst ettiniz… Başka türlü yaşayamam. Eskisi gibi yaşamaya devam etmek de, tiksinti verici. Kazara, dikkatsizlikten olmuş gibi öldüreceğim kendimi. Bir köpeğe köpeksi bir ölüm yaraşır."

El yazısı da tanıdık değildi. Snellman hiçbir şey anlamamıştı. Son bir ayın Viyana gazetelerini araştırdı ve orada şu haberi buldu:

"Trajik bir olay. Acı bir kayıp. Ünlü Slav yazar, derin ve cüretkâr düşünür, bir dikkatsizlik eseri olarak kendini yaraladı;

üç saat sonra bilinci tamamen açık ve nadir görülen bir ruh huzuru içinde hayatını kaybetti..."

Snellman, kimin öldüğüne baktı, ve... Berlin'de şölende neden öpüldüğünü elinin, bu kazara ölümün ne anlama geldiğini anladı. Müteveffanın sözlerini hatırladı:

"Eğer gençken Snellman gibi insanları dinlemiş ve görmüş olsaydım, ben de, bütün kuşağım da başka türlü insanlar olurduk... Neden bizimle konuşmadılar Snellman'lar?"

O zaman Snellman anlattı bu kederli hikâyeyi ve sonra sık sık sordular ona: "Hangi milliyettendi bu yazar; Çek mi, Leh mi, Sırp mı, Hırvat mı? Adı ne?"

Genelde yumuşak bir adam olan Snellman sertçe cevap veriyordu bu soruya:

"Ne boş bir merak bu! Neyinize gerek bilmek? Ağır günahlar işlemiş bir adam, ama yaptıklarından delice pişman. Yeryüzünden kendi sildi kendini. Neden tekrar uyandıralım onun ismini? Önemli olan, başka bir şey. Düşünsenize; seçkin yeteneklere sahip bir adam. Büyük bir akıl. Nadir bulunan, zengin bir bilgi birikimi. Parlak bir edebiyat yeteneği. Ve... özeti: bir hayat kundakçısı, sefih, kumarbaz, zampara, edebiyatın paralı askeri, kendi kabilesinin erdemlerine ihanet etmiş biri...

Oysa kendi ulusunun içinde bir medeniyet havarisi olabilirdi, meğer ki... iyi eğitilseydi... gençliğinde hayatı kundaklamanın değil, ulus kitlelerinin aklını ve yüreğini kundaklamak üzerine konuşulmuş olsaydı onunla."

"Ve bu adam bir üniversite kurduydu, bilimin evladıydı, edebiyat deviydi, ortalamaların arasında yüksek bir yerde duruyordu," diye devam ediyordu Snellman:

"Ne istiyorsunuz? Ne bir okulun, ne kitabın olduğu, sağlıklı, güzel ve mutlu bir hayat inşası için çağıran tek bir canlı ve akıllı sesin işitilmediği ulus kitlelerinden ne bekleyebilir ve talep edebilirsiniz? Milyonlarca insan zihinsel, fiziksel ve ahlaki olarak çürüyor ve hiç kimse bu leş kokusunu hissetmiyor; oysa herkes kokluyor onu. Herkes aynı durumda. Her şeyin olması gerektiği gibi olduğunu sanıyorlar.

Öyle mi olmalı?

Milyonlarca insan, vahşi, sersemletici bir sefaletin içinde doğuyor, yaşıyor ve ölüyor! Böyle mi olmalı? Milyonlarca insan, ve tabiatları itibariyle genellikle akıllı olan insanlar, hayatları boyunca sersem hayvan sürüleri olarak kalıyorlar. Böyle mi olmalı? Milyonlarca kardeşiniz manen yontulmamış, kaba, safahat içinde. Böyle mi olmalı? Ve bütün bu iğrenç canice 'böyle olmalı'lardan utanmıyor musunuz hiç? Bu rezil sosyal sersemlik ve kayıtsızlık da 'böyle olmalı'lar arasında mı?"

Snellman'ın konuşmaları böyle zamanlarda adeta bir peygamber sözünü andırırdı. Sağır kafalara ve yüreklere yakıcı bir sitemin kamçısını vururdu. En uykulu, tembel akılları bile uyandırırdı. Canlı yüreklerdeki enerjiyi ateşlerdi.

Doktorlar, köy rahipleri, ilkokul öğretmenleri, küçük memurlar, ulus kitlelerinin hayatını bütün açılardan incelemeye koyuldular. Matbu eserlerde –gazetelerde, dergilerde, muhtelif kitaplarda– ulusun âdetleriyle ilgili son derece zengin, hayati malzemeler yayınlanır oldu.

İki kitap, bilhassa dikkat çekiyordu. Biri: "Bir Köy Doktorunun Hatıraları," diğeri de "Bir Köy Rahibinin Notları."[1]

Her iki kitap da hem eleştirmenler, hem gazetelerde fırtınalar kopardı. Kimileri bunları göklere çıkarıyorlardı. Diyorlardı ki:

---

(1) 19. yüzyılda Finlandiya'da bu isimde kitaplar yayınlanmadı. Ancak Petrov belki de, uzun yıllar salgınlarla mücadele eden ve halkın hastalıklarla ilgili bilgilenmesini sağlamaya çalışan doktor Elias Lönnrot'tan söz ediyordur. Lönnrot 1839'da, "Bir Fin Köylüsünün Aile Doktoru" adlı kitabını yayınlamıştı.

"Bu iki kitabı da, ulusunu yürekten düşünen ve onun için tasalanan her aydın insan okumalıdır. Bu kitaplar, körlerin gözlerini açıyor. Manen tamamen kör olmamış her insanın yüzünü utançla kızartıyor."

Ama öfkeyle eleştirenler de vardı. Bunlar yazarlara şimşekler ve yıldırımlar yağdırıyorlardı. Neredeyse taşlayacaklardı. Yazarların, uluslarının dejenere unsurları olduklarını söylüyorlardı. Diyorlardı ki:

"Her iki kitap da, Fin ulusuna gözü kara bir hakarettir. Yalan dolu. Kara çalma. Her şeyi karikatürize edip abartıyor."

İlk değerlendirme, daha adildi.

Bütün sitem çığlıkları, vatan sevgisinden ister kaba ister çirkin olsun, kendilerine ait olan her şeye yönelik kendinden hoşnut bir sevgi duymayı anlayan yalancı, gösterişçi "yurtsever"lerden geliyordu. Bunlar çöldeki devekuşu gibi tehlikeyi görmemek için başlarını kuma sokuyorlardı. Birileri kafalarını kumdan çıkarmak istediğinde de öfkeleniyorlardı.

Bu iki kitapla ilgili tepkiler işte böyleydi. Yazarları, yani doktor ve rahip, kitaplarının her sayfasında Fin ulusunun yüksek tabakalarına adeta haykırıyorlardı:

"Uyanın! Aynı soydan geldiğiniz bu ulusu kurtarmak için harekete geçin! Ülkenizdeki nüfusun üçte ikisi korkunç bir hayat yaşıyor. Köylüler ve işçiler sinek gibi kırılıyorlar. Fiziksel ve manevi olarak dejenere oluyorlar."

Doktor da, rahip de –yetenekli yazarlardı bunlar– hiçbir şeyi uydurmamışlardı. Meselelere tek yönlü bakmıyorlardı. Sinirleri yıpratmaya yeltenmiyorlardı.

Satır satır tasvir ediyorlardı bölgelerinde yaşayan halkın günlük âdetlerini. Hakikaten korkunç, sarsıcı bir tabloydu bu. Birçok okur diyordu ki:

"Bir buçuk milyon yurttaşımızın böyle yaşamasına nasıl

tahammül edebiliriz? Okudukça bir katil, sessiz bir suç ortağı, kitlelerin felaketini gizleyen biri olduğunuzu hissediyorsunuz."

Kimi de dehşete kapılıyor, soruyordu:

"Nasıl katlanır insanlar böyle bir hayata? Kimdir bunlar: Ermişler mi, yoksa iki ayaklı sersem bir hayvan sürüsü mü? Dante'nin cehennem tasvirinden bile korkunç bu. Dante'nin cehenneminde insanlar kendi günahlarının cezası olarak acı çekerler, peki ya burada ne için acı çekiyorlar? Hem üstelik, Dante'nin cehennemdeki dehşetler, başından sonuna kadar, bir şairin dâhice ürününden ibaret; oysa burada her şey, korkunç hakikatin düzyazıya dökülmüş hali."

"Bir Köy Doktorunun Hatıraları"nın yazarı, doktorluğunun ilk gününden başlar. Tıp fakültesini nasıl bitirdiğini ve memuriyet yerine nasıl, ne planlarla geldiğini anlatır. Hayatın çilesini çekmiş biridir aslında: Çocukluğu ve gençliği zor şartlarda geçmiştir, küçük bir kasabada, bir ayakkabıcının oğludur. Hayatın herkese gülümsemediğini kendinden bilir ama burada gördükleri, onu hayrete düşürür.

Doktorluk bölgesini dolaşınca, bunun kötü bir rüya, korkunç bir kâbus olduğunu düşünür. Edindiği ilk izlenim, tarih öncesi döneme, mağara insanları günlerine döndüğüdür.

İkin kendi bölgesinin büyük bir istisna olduğunu düşünür ve komşu bölgeleri dolaşır, ama oralarda da aynını görür. Kimi yerler daha bile kötüdür. Her yerde o aynı mağara insanları dönemi izlenimiyle karşılaşır.

Eğer bölge taşlıksa, o zaman konut niyetine kaba kesilmiş ve kötü örülmüş taş yığınları kullanılıyordu. Kapılar alçak, pencereler küçüktü. Kapı pencerelerin çerçeveleri ince, kötü kesilmişti, aralıklarından esiyordu hep, yağmur içeri akıyor, kışın kar birikiyordu.

Cam, azdı. Cam yerine bez parçaları, yağlı kâğıt kullanılıyordu. Genellikle de cam yerine açık bir delik oluyordu sadece.

Hiçbir yerde soba bacası yoktu. Sadece taştan ve kilden örülmüş ocaklar oluyordu; bunlardan çıkan duman, çatıdan çıkıp gidene kadar yerden tavana kadar bütün konutu sarıyordu. Göz gözü görmüyordu. İnsanlar boğuluyordu. Her yer kurum içinde oluyordu.

İnsanlar hep aynı kıyafetler içinde çalışıyor, yiyor ve uyuyorlardı. Elbiselerini hiç yıkamıyorlardı. Bit ve pire geziniyordu üstlerinde. Trahom çok yaygındı. Sık sık hastalanıyorlardı, bunun sonucu da vereme yakalanıyorlardı.

Kuyular tuvaletlere yakındı. Su bozuluyordu. Bu yüzden tifüs hiç bitmiyordu.

Çocukların arasında dizanteri, difteri, kızıl, çiçek çok yaygındı. Binlercesi sinek gibi kırılıp gidiyordu. Bütün herkes hastaydı. Soyları tükeniyordu. Kötü besleniyorlardı. Korkunç, berbat içiyorlardı. Sağır ve dilsiz, kambur, kör, geri zekâlı, kolu bacağı tutmayan bir sürü insan vardı. Cüzama da rastlanıyordu.

"Köylere gitmek korkunç," diye yazıyordu doktor.

"İnsan kendinden, insanlardan, toplumdan, medeniyet denen şeyden utanıyor. Tiyatrolar, müzik, güzel sanatlar, yazarlar, parlamentolar ve bilim akademileri çok uzaktalar; burada ise milyonlarca insan için cehennem var.

Bir kulübeye gidiyorsun: Üç çocuk yerde toprağa bulanmış, kızıl ateşleri içinde yatıyor. Onların arasında da doğum sancıları içinde anaları inliyor. Baba kendini bilmezcesine sarhoş. Utanmıyor musun, diye soruyorsun adama. Şu evde bunca acı var, sense içiyorsun!

Sarhoş, böğürüyor: Kendin yaşa burada da gör, ya kendini asacaksın, ya içeceksin! Bizim hayatımızda içmemek mümkün değil.

Başka bir kulübede başka bir tablo: Ana kan öksürüyor, veremin son aşamasında, yatıyor, başını kaldıramıyor. Baba tifüs ateşleri içinde havale geçiriyor. Toprak zeminde, paçavralar içinde yatıyorlar; yatak yok. İki kız çocuğu aralarında emekliyor: ilki bir yaşında, diğeri iki. İkisi de yaşayan iskelet.

Komşuların elinden gelen bir şey yok; alışmışlar, hem zaten kendi dertleri kendilerine yetiyor.

Bir yerde çiçek ya da tifüs salgını başlayacak olsa idare oraya salgınla mücadele etsinler diye iki, üç doktor gönderiyor; halk ise öfkeyle homurdanıyor: 'Ne aşısından söz ediyorsunuz siz? Ne dezenfeksiyonu? Hastalık tanrıdan gelir! Tedavi filan etmeyin çocukları, bırakın ölsünler; acımız daha az olur. Yetişkinlere yardım edin siz, bizi iyi edin.'

Neredeyse her evde frengi, uyuz, gözler kıpkızıl, iltihap, kanser…

Umutsuzluğa kapılıyorsun, sonra yorgunluktan sersem bir kayıtsızlığa. Zil zurna sarhoş olmak, ya da kendini asmak geliyor içinden, yeni doğum yapmış karısının yanında yatan o kocanın dediği gibi."

"Beyler!" der doktor-yazar şehirlilere, siyasetçilere, bilim, sanat ve yayın dünyasından insanlara:

"Ne zaman bırakacaksınız körebe oynamayı? Yurtseverlik, ulus sevgisi, medeniyete hizmet diye bağırıp duruyorsunuz, peki ulus için, vatan için, medeniyet için ne yapıyorsunuz? Kimileri küstah ve utanmazca, canice bir sinizmle soyuyor 'sevgili vatan'ı, 'sevgili ulus'larını soyup soğana çeviriyorlar. Kimileri, devlet dairelerinde, gazete redaksiyonlarında arkalarına yaslanıyor, okullarda ve üniversitelerde memurluk yapıyor… 'sevgili ulus'larından milyonlarca insan ise çürüyor, soysuzlaşıyor, alkole batıyor, hayata küsüyor. Ulusun temelleri yıkılıyor."

"Ülkeyi ve ulusu kurtarın, geç olmadan," diye seslenir doktor-yazar:

"Ulus kitlelerine gidin. Onları iyi edin, öğretin, eğitin. Onlara öğretin ve evler inşa edin ve o evlere düzen getirin. Toprakta daha üretken biçimde çalışmayı öğretin onlara. Halk milyonlarına hijyen, güneş, temiz hava, ışık, kuru ve sıcak konutlar verin. Onlara insan gibi yaşamayı öğretin. İnsanca bir hayat kurmayı öğretin. Bunda yardım edin onlara."

"Devlet," diye yazar doktor, kitabının sonunda, "büyük bir ailedir; ulus kitleleri ise sizin küçük kardeşleriniz. Onların hayatlarındaki dehşet, üst sınıfların rezaleti ve suçudur. Unutmayın: Ulus uzun süre sabredebilir, ama her şeyin bir sonu vardır. Ulus kitleleri de vahşi bir hayvana dönüşebilir. Böyle olmasına izin vermeyin!"

Bu şifacı yazarın kitabıyla ilgili polemik edebiyat çevrelerinde epeyce devam etti, ancak kitap, sosyal çevrelerde büyük bir iş gördü. Finlandiya'nın bütün tıp derneklerinde her sayfası didik didik edilircesine incelendi, meslektaşlarının kitabı ciddi tartışmalara yol açtı.

Vilayet yöneticileri, cemaat temsilcileri toplantılar düzenliyor ve bu kitabın doğurduğu onlarca soruyu çözüme bağlıyorlardı. Farklı yerlerden tebliğler sunuluyordu, makaleler basılıyordu, malzemeler üzerine görüşmeler yapılıyordu. Ulusta yerleşmiş olan, karşısında gözlerini kapadıkları, düşünmek istemedikleri fenalık, sokağa çıkmış ve herkesin gözleri önüne dikilmişti.

Parti tartışmaları, kişisel entrikalarla değil, halk sağlığının korunması ve güçlendirilmesi meselesiyle meşgul olmak gerekiyordu. Ülkede kaç kişinin tüberküloz olduğu, bu ıstıraplı hastalıktan ve başka hastalıklardan her yıl kaç kişinin öldüğünün sayımına giriştiler.

– Kaç kişinin sıtma olduğu,

– Kaç kişinin trahoma olduğu,

– Kaç çocuğun bunlardan kaçınmadıkları için öldüğü, kaç kişinin bulaşıcı hastalıklardan öldüğü,

– Yılda kaç kişinin diş ağrıları çektiği,

– Kaç kişinin sağır, kaç kişinin kör olduğu, kaç kişinin engelli olduğu,

– Ülkede yıllık kaç paranın içkiye aktığı, ne kadar suç işlendiği: sarhoşken yapılan ağız kavgaları, yaralamalar, cinayetler, kundaklamalar, şiddet kullanımı ve soygunlar.

Korkunç rakamlar ortaya çıkıyordu. Bu rakamlar adeta haykırıyorlardı, kafaya vurulan balyozlar gibiydiler. Ulus karşısında utanç duygusu yükseliyordu. Aydınların kendileriyle mücadele etmeleri gerekiyordu.

Hükümet, eyaletler, muhtelif cemaatler, gerekli gördüklerinde uzman doktor grupları teşkil ediyorlardı. Diş doktorları, göz doktorları, kulak-burun-boğaz doktorları, çocuk ve kadın hastalıkları doktorlarından birlikler örgütleniyordu. Bunlar devamlı bir köyden diğerine gezip duruyorlardı. Hastaları iyi ediyorlardı. Göz, diş, kulak hastalıklarından kurtulmanın yollarını, kadın ve çocukların sağlığını korumayı anlatıyorlardı. Çocuk, kadın ve erkek sağlığını ve hayatını paraya vuruyorlardı: Bunları korumak için kaç para gerekti, hastalıklar ve ölümler ise kaç paraya mal oluyordu.

Köylüler, insan hayatının iktisadi değerini anlamaya başlamışlardı. Bu uzmanlar, onlara şöyle diyorlardı: "Kimse çalmasın, yangın çıkarsa yanmasın diye saklıyorsun paranı. Oysa çocukların, karın, kendin, siz en değerli parasınız, canlı parasınız. Onları koruyun. Boşa harcamayın."

Birçok köyde, örnek olacak köy evleri inşa edilmişti: Sobalı ve bacalı, pencereleri geniş, üstelik çift camlı.

Köylerde köylülere çok ucuza böyle evler yapan işçi kooperatifleri de kurulmuştu. Hükümet birçok yerde inşaat malzemeleri topladığı depolar inşa ediyordu, buralardan öncelikle köy cemaatleri aracılığıyla bu yeni inşa faaliyetleri için gerekli olan her şeyin dağıtımı yapılıyordu: cam, doğrama, pencere ve kapı, ev eşyaları.

5-8-10 yıla kalmadan birçok yeni köy ortaya çıktı. Evler gerçekten de ahır olmaktan çıkıp insanların yaşayabileceği konutlara dönüştüler.

Köylüler de daha iyi, daha sıcak tutan şeyler giyinmeye başladılar. Ülkenin en iyi insanlarından seçilmiş sosyal görevlilerin gözetimi altında, özel atölyelerde binlerce sıcak elbise, palto, binlerce çift ayakkabı, iç çamaşır dikiliyordu. Hepsi de en iyi, en sağlam kumaştandı. Bunlar ülkeye dağıtılıyordu. Olabilecek en ucuz fiyata satılıyordu. Maliyet fiyatına.

Halkın görünüşü değişiyordu; yeni, mutlu, bayrama gider gibi dolaşıyordu. O iğrenç, kirli paçavralar, yamalı kıyafetler yoktu artık. Kışın ve güzün çıplak kimse neredeyse hiç yoktu. Böylece öksürük, nezle, bronşit, grip de kaybolmuştu. Verem kurbanları iki kat azalmıştı.

Çocuk ölümleri de azalıyordu. Trahoma yok oluyordu. Halk, birçok yerde, eskiden böyle bir hastalık olduğunu bile unutuyordu.

Kadınlar daha sağlıklı hale geliyorlardı. Doğum oranları artıyor, çocuklar sağlıklı, gürbüz doğuyorlardı.

İşgücü de artıyordu. Nüfus daha fazlasına erişiyor, karnı daha iyi doyuyordu.

Bu doktor-yazar öldüğünde cenazesine yüzlerce köyden temsilciler katıldı. Bunlar, gençler arasından seçilmişlerdi. Hepsi de uzun boyluydular. Geniş omuzluydular. Geniş göğüslüydüler. Yanakları al aldı. Güçlüydüler, kolları ve bacakları sağlamdı.

"Ulusun şifacısı"nın tabutunu şehrin sokaklarında omuzlarında taşıdılar. Ve bu yeni filizlenen devler, genç köylülerin yüzlercesi düzgün sıralar halinde ve serbest adım yürürken şehrin sokaklarında, şehirliler mutlulukla diyorlardı ki:

"Her biri kalın çam ağacı sanki! İnsan değil de gemi direkleri!"

Müteveffanın tabutunu mezara indirmek zamanı geldiğinde, bu köy gençlerinin arasından biri öne çıkıp dedi ki:

"Biz, tarlalardan ve ormanlardan geldik. Gelirken de genelde yapıldığı gibi çiçekler, çelenkler getirmedik. Böyle geldik, çünkü köylerimiz bizi, senin bahçenden, sevgili Suomi'mize senin diktiğin canlı çiçekler olarak gönderdi sana. Huzur içinde yat, ulusun büyük bahçıvanı! Asil, bilge çabana minnettarız. Gerçek doktoruydun sen ulusun; yüzbinlerce köylüye şifa verdin. Ulusun damarlarına taze, temiz kan kattın. Halat gibi büküp ördün kaslarımızı. Vatana bahadırlar kuşağı kazandırdın, bize de sağlıklı çalışma mutluluğunu...

Sana minnettar ulus, hatırana bir anıt dikmek istiyor. Bunu hak ettin, ama en iyi anıt biziz! Yeni ulusal hayat yarattı bizi, ve biz de onu yaratıyoruz. Bu yeni, sağlıklı gençliğin her bir ferdi, bütün Finlandiya entelijensiyasına, ulusa ve vatana nasıl hizmet etmek gerektiğini hatırlatan canlı anıtlar olacak. Ve zaman ne çok ilerlerse, senin şifa verdiğin ulusun aklında ve yüreğinde o kadar güçlü yanacak ismin! Ne Sezar'dın sen, ne Napolyon. Bir avuç bile yabancı toprak fethetmedin. Bir damla bile kan dökmedin, ama vatana binlerce yeni sağlıklı, güçlü, faydalı işçi elleri kazandırdın. Şan olsun sana, büyük fatih ve ulusun hayatı uğruna savaşan büyük asker!"

XIII

RAHİP MACDONALD[1]

Rahip MacDonald'ın kitabının etkisi, daha da güçlüydü. Yıllar boyunca bütün ülkede birçok şey yazıldı ve konuşuldu bu kitap hakkında. Genç rahipler ve ilahiyat öğrencileri onu rehberleri kabul ettiler, ama ateistler ve genel olarak din karşısında kayıtsız olan insanlar da derin bir ilgiyle okuyup incelediler onu. Günışığı gibi bir kitap diyorlardı ona.

Yazarın ilginç bir kişiliği vardı. Kitabı Fin ruhbanları arasında ve Fin ulusunun manevi gelişiminde köklü bir devrim yaratan Rahip MacDonald, aslen İsveçliydi; Finlandiya'daki en asil İsveçli ailelerden birinin oğluydu.

Ataları, din savaşları ve Protestanların Katolikler tarafından zulme uğraması sırasında İskoçya'dan gelmişlerdi. İskoçya'daki MacDonald kontları soyu, derin dindarlığıyla ve yüksek maneviyatıyla bilinirdi. Bu ailede, çocuklardan birinin rahip olması geleneği vardı. Ve bu MacDonald rahipleri, her zaman, İskoçya'daki kilisenin en iyi hizmetkârları olmuşlardı. Ama her zaman papanın ve İngiltere'deki papalık kardinallerinin şüphelerini de üzerlerine çekmişlerdi.

Bütün MacDonald rahipleri, muazzam eğitimliydiler. İncil'i derinlemesine bilirlerdi. Çok iyi konuşmacılar, dinleyicilerini

---

(1) Finlandiya'da bu isimde ne bir rahip, ne de aristokrat ailesi vardı.

coşturan vaizlerdi. Kusursuz bir ahlak temsilcileriydi. Sadece sıradan kilise ayinlerini ve kilise gereklerini (vaftiz, evlilik, cenaze) yerine getiren sıradan din adamları değil, cemaatlerinin manevi öğretmenleriydiler de.

Daima karnı tok aylaklık ve Katolik ruhbanın idare-i maslahatçı kayıtsızlığıyla mücadele ederlerdi. Bunları ulusun asalakları, tembel mikroplar, kilise dükkâncıları diye nitelerlerdi. Reform, yani kilise öğretilerinin saflığını, sıhhatini ve hayata uygulanmasını isteyen âlimlerle her zaman ilgilenir, kimi zaman da dostluk kurarlardı.

Luther reformasyonunun dalgaları İskoçya'ya kadar geldiğinde, kont MacDonald ailesi hep birden protestan kilisesine geçti. Azılı bir Katolik olan kraliçe Marie Stuart Luther'in takipçilerine zulmediyordu; böylece MacDonald'lar kaçmak zorunda kaldılar. Kral Gustav Adolf'un ülkesine yerleştiler.

MacDonald'lar, yüksek manevi erdemleri ve o zamanlarda nadir görülen derin eğitimleri sayesinde yeni vatanlarında büyük bir etki yarattılar. Krallar onları seviyor, birçok İsveç aristokratı ise kıskanıyordu.

MacDonald'lar Finlandiya'ya yerleşmişler ve burada, bu kaba, safahat içinde ve genellikle de soyguncu İsveç aristokrasisinin arasında beyaz kargalar gibi kalakalmışlardı. Böylece onlar da Finlilerle yakınlık kurdular. Onları sevdiler. Sevildiler. En balta girmemiş ormanlardaki Finliler bile, MacDonald adını biliyor ve sevgiyle diyorlardı ki: bizim MacDonald'lar!

MacDonald'lar, Lutherciliğe geçtikten sonra da derin dindarlıklarını korudular. Evlerinde masanın üzerinde hep açık olurdu İncil. Oğullardan birinin rahip olmasını gerektiren o eski aile geleneğini de koruyorlardı.

İşte Luka MacDonald da, Snellman zamanında böylece rahip oldu. İsveç ve Fin dillerinden başka Almanca, Fransızca ve İngilizceyi de rahatlıkla okuyordu. Daha sonra Rusça da öğrendi. İki Alman üniversitesinden doktorası vardı. Felsefeyi ve iktisat bilimlerini iyi bilirdi. Astronomi ve jeolojiyle ilgiliydi.

Helsingfors'taki üniversitenin ilahiyat fakültesinde profesörlüğe davet etmişlerdi, ayrıca parlamentoya seçmeye de söz vermişlerdi. Ama Luka MacDonald bunu reddetti. Kati bir dille, bir köy papazı olmak istediğini söyledi.

"Ne yaptığınızı iyi düşünün," dediler ona. "Parlak bir kariyeri öldürüyorsunuz."

"Ben olmadan da yeterince kariyeriz rahip var," dedi Luka MacDonald, acı bir tebessümle. "Ama kilise kariyeristlerin yeri değil. Kilise havarilik ve havariler ister. Siyasetçi papazlar, demagog papazlar – bunlar hem kilisenin, hem ulusun bedenindeki hastalıklı yumrulardır. Ben, daha büyük bir kariyerin: unutulmuş, kaba, talihsiz Fin ulusunun arasında bir havarinin kariyerini hayal ediyorum."

"Ama düşünsenize," dediler ona, "siz kontsunuz, aristokratsınız, yüksek medeniyet ve kültür sahibisiniz... köye gitmek istiyorsunuz!... Orada hem zihinsel, hem ahlaki, hem fiziksel bir pislik vardır... yarı hayvan hayatı vardır..."

"Demek ki daha da gerekli oraya gitmek. Sağlıklıların ihtiyacı olmaz ki doktora, hastaların olur. Ulus, bizim genellikle düşündüğümüzden daha hasta... Bütün bahar ve yaz, Finlandiya'nın bir ucundan diğerinde, sırtımda bir heybeyle yürüdüm. Halkla birlikte hanlarda yiyip yattım. Tomrukçularla, reçinecilerle ateş başlarında geceledim. Karınları tok hayvancıların, öküz gibi iri ve şişman, domuz gibi yağlı, hayvan sürüleri gibi manen bomboş kimselerin yaşadığı zengin köylerimizdeki düğünlere katıldım. Size şunu söyleyeyim: Ulusumuzun durumu beni dehşete düşürdü.

Ve kendi adıma utandım. Hepimiz, bütün eğitimli insanlar adına utandım. Bütün kültürümüz adına utandım… halkın düşkün çoğunluğunun hem zihnen, hem ahlaken, hem iktisaden bu korkunç, rezil durumunu gören ve ulus kitlelerinin yaşadığı bütün bu dehşete, bütün bu acılara ve bu çok yönlü çürümeye sanki doğal, olması gereken bir şeymiş gibi bakan, farklı mezheplerden binlerce ve binlerce Hıristiyan rahip ve piskopos adına utandım."

"Suskun kalamam," diye devam etti Luka MacDonald:

"Haykırmalıyım, alarm çanını çalmalıyım, idarecilerin, yazarların, bilim insanlarının, uyuyan fikrini ve uyuyan vicdanını, en önemlisi de uyuyup duran, derin ve kör uykulardaki, canice uykulardaki ruhbanın fikrini ve vicdanını uyandırmalıyım."

Ve bir vicdan çığlığı gibi, bir imdat haykırışı gibi çıktı Lukka MacDonald'ın kitabı.

Kitap, sadece coşkunlukla yazılmış değildi; edebi olarak da önemli bir eserdi. İnsanı sarsan bir kuvvetle, ulus kitlelerinin bütün hayatları boyunca acı çektikleri, ıstırap içinde oldukları, habis bir ur gibi büyüdükleri, alkolün zehrine kendilerini kaptırdıkları, ağızlarından küfür eksik olmayan, kendilerini ve çocuklarını lekeledikleri bu yaşayan Dante cehenneminin dehşetlerini tasvir ettiği tablolar sunuyordu.

Luka MacDonald önsözde, bir gemide miço olarak gençken gittiği ve vahşi denilen kimselerin hayatlarını gördüğü Afrika'nın batı sahilinde edindiği izlenimlerini yazıyordu.

"Bu vahşi Afrikalılar bana **o zaman** insana benzer hayvanlar gibi görünmüştü," diye yazıyordu MacDonald:

"Sanırım o zaman, acımaktan çok hor görüyordum onları. Mağruriyete kapılarak şöyle düşünüyordum: Medeniyet bağlamında bu vahşilerin ne kadar uzağındayız biz!"

"Ama bugün öyle düşünmüyorum," diye ekliyordu MacDonald kederle:

"Her geçen gün, Afrika'nın vahşilerine kendi ulusumdan daha fazla saygı duyuyormuşum gibi geliyor. Bizi kitlelerimiz daha kaba, daha sersem, ahlaken daha çürümüş gibi geliyor."

MacDonald, ulusun hayatından sahneleri ve bu hayatın veçhelerini ustaca tasvir ediyordu. Okuru köylü kulübelerinde, işçi atölyelerinde, onların konutlarında, hanlarında, panayırlarında ve pazarlarında dolaştırıyordu. Biraz açgözlülük, yalan, kandırma, hırsızlık, vicdansızlık, zalim bir kalpsizlik, soğuk bir mağruriyet, ayyaşlık, aralarında kavgalar, çocukların dövüşleri, kadınlara sert yaklaşımlar.

Ve hepsi de olağandı bunların. Tabiatın verdiği bir kötülük değil ama; bitmeyen ihtiyaçların getirdiği bir meşumluk. İnsanlar ruhlarında kötü değildiler, alçak değildiler, rezil değildiler ama eziliyorlardı. Yokluklar, zorlu çalışma, kendilerine karşı genel kayıtsızlık ve horgörü, onlara işkence ediyordu. Ruhları kötülükle doluyordu ve bu kötülüğü, kendilerinden zayıf herkesin karşısında ortaya çıkarmaya hazırdılar.

Bir anlığına da olsa her şeyi unutmak istiyorlar ve zil zurna olana kadar içiyorlardı. Sarhoşken üç kuruşlarını da hiç düşünmeden harcıyorlardı. Kaba hayvansı içgüdülerle yaşıyorlardı. Yüksek, asil her şeye yabancıydılar. Ne vicdanı, ne hakikati, ne ahlakı, ne tanrıyı düşünüyorlardı.

"Çin'de de bulundum ben," diye yazıyordu MacDonald:

"Çinlilerin hayatını, ruhunu dikkatle gözlemledim. Şaşırtıcı, gizemli ve **korkunç** bir ulus!

Pratikte ateist bir ulus.

Ateizme inandıklarından öyle değiller, tanrı düşüncesini reddetmiyorlar: tanrıları var, hem de bir sürü. Onlara tapıyorlar. Ama tanrı **hisleri** yok. Ruhlarında tanrıya ihtiyaç yok. İyi işleyen makinelere benziyorlar. Buharla, elektrikle, rüzgârla çalışıyorlar, her şeyle çalışıyorlar da bir ruhla çalışmıyorlar.

Vatanlarını seviyorlar, ama hayvansı bir sevgiyle seviyorlar onu, Konstantinopol'ün her bir köpeğinin kendi sokağını sevdiği gibi. Kurdun ormandaki inini sevdiği gibi.

Aynı şekilde, hayvanca seviyorlar ailelerini, uluslarını. Ama hem kaba bu sevgi, içgüdüsel, kendiliğinden. Maneviyat yok hiçbir yerinde."

"Bizim halkımızın yüz binleri de aynı onlar gibi **pratikte** ateist," diye yazıyordu MacDonald:

"Tanrıyı ve dini prensip olarak reddettiklerinden değil ama. Tanrı hakkında ne konuşuyor ne düşünüyorlar. Tanrı ve din, onların hayatlarında hiçbir rol oynamıyor. Onları Hıristiyan sayıyoruz, kendilerine de öyle diyorlar, ama ne konuşmalarında, ne düşüncelerinde İsa'ya, onun öğretisine yer var.

Bu isim nedense, hiçbir anlam ifade etmese bile, kalmış. Kurumuş nehirler vardır: Uzun yıllardır su akmaz yataklarında, ama gene de nehir denir. Bizim kurumuş Hıristiyanlarımız da öyle. İsa'sız, tanrısız, dinsiz Hıristiyanlar. Onlara ihtiyaç duymayan Hıristiyanlar."

"Daha da şaşırtıcı olanı," diye devam ediyordu L. MacDonald:

"Yüzlerce tapınak var. Yenilerini de yapıyorlar. Oralarda binlerce rahip. Her bayram gününde ayinler. İnsanları vaftiz ediyorlar, evlendiriyorlar, vaazlar veriyorlar, defnediyorlar.

Ve bütün bunlar, boş!

Kiliselere kocakarılardan başka pek az kimse geliyor. Kilise ayinlerine hiç önem verilmiyor. Rahipler siyasetle uğraşıyorlar. Genellikle ellerinde bir tüfekle parti propagandası yapıyorlar. Ticaretle uğraşıyorlar. Torna atölyeleri, tuğla fabrikaları var. Çokları da yüzlerce ve binlerce sert malt bira ve arpa votkası yapıp halka satıyor.

Ve kimse buna şaşırmıyor. İnsanlar, Hıristiyan rahiplerinin,

İsa'nın havarilerinin davasının devamcıları olduğunu, onların vazifesinin ulusu dinen ve ahlaken eğitmek, cemaatinin vicdanı ve yüreği üzerinde çalışmak olduğunu unutmuş gibiler."

"Biliyor musunuz," diyordu L. MacDonald, meşum bir gülüşle:

"Tapınaklarımızı, rahiplerimizi, kalın ve sıkıcı ilmihallerimizi düşündüğümde, yüzlerce su değirmeni geliyor aklıma. Salların ya da teknelerin üzerinde kurulu küçük evler. İçlerinde değirmen taşları. Değirmen taşları, kocaman değirmen tekerleri olan kalın, büyük bir ağaçla bağlı.

Su, tekeri döndürüyor; teker değirmen taşını çeviriyor. Ama kimse taşın üzerine buğday dökmüyor. Değirmene kimse uğramıyor, unutulmuş kalmış, bomboş.

İsa'nın Farısilerin kitapları hakkında söylediği gibi kuru, ölü bir incir ağacına dönmüş."(1)

"Başka türlü, daha çağdaş, bize, Finlandiya'ya özgü bir mecaz da kullanabilirdim," diye devam ediyordu MacDonald:

"Fırıncıların kapılarının üzerinde tabela yerine tahtadan bir ekmek asılıdır bizde. Buğday rengine boyanmıştır bu. Salamcıların kapılarının üzerinde de bunun gibi ahşap bir jambon olur. Görünüşte ekmek ya da jambondan ayırt edilmezler, ama odundandırlar, yenmezler. Yemek, beslenmek için değil, sadece asmak için yapılır."

"Düşünsenize," diye acıyla haykırıyordu MacDonald:

"Kimin hakkında konuşuyoruz burada? Fin kilisesi hakkında, onun hizmetkârları hakkında: 'Boş bir değirmen! Kuru, ölü bir ağaç! Ağaçtan yapılma bir somun!'"

"Ve biliyorum ki," diyordu MacDonald öfkeyle:

"Benim bu sözlerimden sonra binlerce ikiyüzlü din adamı

---

(1) Matta.21:19-22.

feryada başlayacak: 'Kiliseye hakaret ediyor', 'Ruhbana hakaret ediyor', 'Dinin temellerini yıkıyor'.

"Yalancılar! Yeni farısiler!" diye hınçla haykırıyordu MacDonald:

"Ben kiliseye değil, sizin, İsa'nın canlı teni olan kilisenin kanını emmenize, ona asalak gibi yapışmanıza saldırıyorum. Ruhbanı suçlamıyorum ben, **gerçek** rahipler, canlı ve tanrısal ruhun insanlarını arıyorum. Onlara sesleniyorum. Topluma, gençliğe sesleniyorum, yalvararak: İsa'nın canlı hakikatinin buğday tohumlarını verin. Siz kendiniz, bu buğday tohumları olun. Kilise değirmen taşına gidin. Tapınakların sunaklarındaki tozu ve örümcek ağlarını temizleyin. Şekilci memurları, siyasi kariyeristleri, pazar yeri işportacılarını bu havariler işinden uzak tutun. Ulusumuzun ruhunda sönmüş olan dindarlık ateşini yeniden yakın. Milyonlarca insanın kabalaşmış, inancı azalmış ruhundaki tanrıyı uyandırın."

"Din, gözalıcı kitabi formüllerin güzel ve gösterişli ayinlerle birleşimi değildir," diye yazıyordu MacDonald:

"Ayinler, bedenin üzerindeki kıyafetler gibidir; ve her kıyafet gibi üzerine oturacağı bedenlere ihtiyaç duyarlar. Temel olan, asli olan onlar değildir. İnanç **formülleri**, din dogmaları da aynı türdendir.

İlkin inanç olmalı ki, ondan sonra onun tanımı, formülü olabilsin. İnsanlarda, ulusta inanç **duygusunu** uyandırın. İnsanlarda tanrıya olan ihtiyacı, yemeye, içmeye, nefes almaya, başka insanlarla birlikte olmaya duyulan ihtiyaç gibi uyandırın. **Dindarlığı** uyandırın.

Bizim gimnayzum öğrencileri genellikle son sınavlarını verdikten sonra toplanırlar ve muzaffer bir edayla okul kitaplarını birlikte ateşe verirler. Neden? Ne anlama gelir bu?

Öyle yaparlar, manen ölü olan okulumuz, canlı düşünce yerine kuru ve sıkıcı okul formüllerinin ölmüş tozunu verir öğrencilerine. Onlarda öğrenme açlığı uyandırmaz. Öğrencilerde bilimsellik uyandırmaz. Bilimi anlamayı ve değer vermeyi öğretmez.

Bilimsellik olmadan, bilim sevgisi olmadan, bilimsel bilgiye açlık olmadan ne bilim olur, ne de irfan sahibi insanlar.

Hakeza, **sanatsallık** olmadan, sanatsallık duygusu olmadan, güzellik ihtiyacı olmadan sanat da olamaz.

İlkin bilimsellik, sonra bilim.

İlkin sanatsallık, sonra sanat.

Bilimsellik ve sanatsallık, bilim ve güzellik açlığı – işte bunlar, bu işin toprağıdır; **bilim** ve **sanat** ise bilimsellik ve sanatsallık toprağında büyüyen çiçeklerdir aslında."

"Dinde de öyledir," diye yazıyordu MacDonald:

"İlkin **dindarlık**, yani **duygu** gelir, sonra din, yani bu duygunun vücut buluşu, onun tarifi. Dinin **özü** ayinlerde, formüllerde, rahiplerin uygulamalarında değildir. Bu da gereklidir. Ve **bütün bunlar, derin ve felsefi ve sanatsal bir anlam taşırlar!**

Fizik ve kimya kendi formüllerini, elektriği, ışığı ve sıcaklığı tanımlamak için geliştirirler, ama ışığa ve sıcaklığa, canlı işgücüne sahip olmak için evvela elektriğe sahip olmak gerekir."

"Canlı elektrikle dolu olmalıyız biz," diye yazıyordu MacDonald:

"Her insan canlı bir elektrik istasyonu olmalı. Evvela elektrik, ışık, sıcak, hareket ettirici kuvvet, ondan sonra da bunların tanımı."

"Kısacası," diye bitiriyordu sözlerini MacDonald:

"Tavşan kızartması yapmak için önce tavşan gerek. Tavşan olmadan tavşan kızartması olmaz."

Dinde de böyledir. İsa Mesih, elinde ilmühaliyle, dua kitabıyla dolaşmadı Yedua'da. İnsanların yüreğinde dua **açlığını**, dua **ihtiyacını**, hakikat **ihtiyacını**, sevgi **açlığını** uyandırdı.

Vergi tahsildarını, mültezimi, belki halkı soyanları da yanına çağırır İsa Mesih. Mültezim, İsa'nın birkaç sözünden sonra işini bırakır, karnını doyuran, huzurlu yerinden ayrılır, İsa'nın arkasından gider. Havari, İncil'in vaizi olur.

Mültezim, küçük paralar için her şeyi yapan adam, İncil'in havarisi olur. Oysa bizde... Şeytan alay ediyor sanki!...bizde havari unvanını taşıyan kimseler, mültezim olurlar. Sadece para toplamayı, ceplerine gelecek parayı, tok, aylak ve tembel bir hayatı düşünürler. Bunların konuşmaları, ulusta hiçbir etkiye neden olmuyorsa, onları dinlemek bile istemiyorlarsa, bunda şaşacak ne var? Bu insanlar, insanların ruhundaki dindarlığı uyandırmayı beceremezler. Uyandırmak istemezler! Uyandırmazlar.

Bunlar dinden ölü inanç öğretileri çıkardılar. Dini yüzlerce kuralı, paragrafı, hükmü olan bir tür inanç gramerine çevirdiler. İncil'i sıkıcı, boş skolastik gevezelikleriyle çevrelediler, İsa Mesih'in kim olduğunu tamamen unuttular, onun öğretisinin ana fikrini unuttular.

İsa bize, "Tanrıyı hatırlayın!" demedi. "Okuyup tanrının, onun niteliklerinin, davranışlarının yüzlerce sıfatını ezberleyin!" demedi.

İsa şunu öğretti ve hep tekrar etti: **Sevin, sevin, sevin!** İnsanları **sevin**! Her insanı **sevin**! Her canlı varlığı **sevin**! Bütün dünyayı sevin: ağacı, taşı, tarladaki kumu, gökyüzündeki yıldızı sevin. **Her şeyi sevin!** Her şeye hayat vereni sevin.

Tanrıyı ve yakınınızdakini sevin, diye öğretti İsa. Kadir-i mutlak olanın bütün anlamı ve özü, dinin, peygamberlerin öğretisinin anlamı ve özü işte bu **sevgide** yatar.

"Sevgi, etrafımızdaki her şeyde biricik olan yakın bir bağlılık duygusu: İşte budur insanı, insanları, ulusları ve insanlığı dindar yapan," diye her fırsatta tekrar ediyor, açıklıyordu Luka MacDonald.

L. MacDonald'ın muhalifleri, tembelliklerine, ilgisizliklerine, manevi sersemliklerine sitem edilmesinden rahatsız olan insanlar, MacDonald'ın kitabındaki korkunç ve acı gerçekleri fark etmemişler de, ıvır zıvır şeylerle, edebi ayrıntılarla mücadele ediyorlarmış gibi bir görüntü sergiliyorlardı. Kitabın özünü görmezden gelip onun tarzı üzerine bağırıp çağırıyorlardı. Muhtelif gazetelerde ve dergilerde, edebiyat çevrelerinde ve özel toplantılarda şöyle yazıyor ve konuşuyorlardı:

"Kurgulanmamış bir kitap. Bütünlüğü yok. Malzemeler sistematize edilmemiş, düzgün bir sıraya konulmamış. Her türden çerçöp bir araya toplanmış gibi. Her şey rastgele, sık sık tekrarlara başvuruyor. Onlarca farklı yerde aynı şeylerden söz ediliyor."

L. MacDonald, kitabına yapılan bu saldırıları hoşnut bir tebessümle okuyor ve dinliyordu ama beşinci baskının önsözünde şöyle yazdı:

"Kitabımı savunmuyorum, ama onun karakterini ve görevini, neden böyle yazdığımı, bir dizi yeni baskıda onu neden düzeltmediğimi açıklıyorum. Ben bir romancı değilim ve kitabım da boş saatlerinde okusunlar diye edebi zevk sahibi okurlara edebi bir nesir örneği teşkil etmesi için yazılmadı. Dilerseniz, ben bir öğretmen değilim. Ben, ulus kitlelerinden gönderilmiş bir elçi, onların vekiliyim; size, bedelini ödemediğiniz bir hayatı anlatıyorum.

Herkes, hayatın ağırlığından, acı verici oluşundan, düzensizliğinden **yakınıyor**, ama **hiç kimse** bir hayat inşa etmek, onu daha iyi kılmak için **hiçbir şey yapmak istemiyor**. Sanki biz bu hayatın dışarıdan izleyicileriyiz de bu kadere gözlerimizi kapamak zorundaymışız gibi. Herkes büyük davalar, büyük insanlar, büyük mutluluklar istiyor, onların açlığını duyuyor, ama pek az insan, kendini ve etrafındaki hayatı bu mutat adiliğinden, sersemliğinden ve sefaletinden bir milimetre olsun yükseltmeyi düşünmüyor. İnsanlar, her fırsatta borçlarını ödemekten kaçınan kötü niyetli yalancılara benziyorlar.

Kitabım, fiziksel değilse bile vicdanen herkesi ve her şeyi sarsıyor. Duvarcıyı da, bakanı da, rahibi de, subayı da, avukatı da, taciri de, ana-babaları da, çocukları da, ayakkabıcıyı da, ressamı da, parlamento üyesini de, köy muhtarını da, ilkokul öğretmenini de, gazete redaktörünü de, köylüyü de, yazarı da sarsıyor. Sarsıyor onları ve soruyor:

'Ne yapıyorsunuz siz?... Neden **hiçbir şey yapmıyorsunuz** hayatı kurmak için? Neden ya asalak gibi ya da hayatı yıkan haydutlar gibi yaşıyorsunuz siz? Utanmıyor musunuz hiç? Hayatın sanatçıları, kurucuları olabilirdiniz, oysa gübre yığınının içindeki solucan gibi sürünüyorsunuz ve hayatı leş kokulu bir gübre yığınına çeviriyorsunuz.'"

"Bu yüzden," diye devam ediyordu L. MacDonald:

"Kitabım, günü geçmiş faturalarla dolu bir evrak çantası gibidir. Ve ben bunları veremiyorum kimseye, çünkü kimi kaba, kimi ahlaksız, kimi tembel, kimi de haysiyetsiz ve vicdansız.

Ve birinin elini ya da vicdanını yakaladığımda, ister tacir, hekim, rahip, küçük memur olsun bu, naif çocuklar gibi bir ağızdan bağırıyorlar. Tembel köleler becerikli köleler oluveriyor. Kendilerini değil de kitabı, kitabın yazarını suçluyorlar. Hoşnutsuzlukla homurdanıyorlar: Ne diye hep eksiklerimiz, tembelliğimiz, asalak hayatımız üzerine konuşuyorsunuz siz? Nasıl da çirkin, şekilsiz yaşadığımız üzerine... Peki, kabul ediyoruz: Tembel ve sersemiz, karnı tok köleleriz biz. Ama nasıl daha iyi olabiliriz ki? Hayatın sanatçıları, kurucuları olmayı öğretin bize. Neyi, nasıl yapmak gerektiğini söyleyin."

"Hani diyorlar ya, 'ne yapalım peki?' Pek şaşırtıcı sorular bunlar," diye yazıyordu L. MacDonald:

"İnsanlar ticaret yapıyorlar, milyonlarca rublelik takaslar gerçekleştiriyorlar, kocaman fabrikaları, bankaları, işletmeleri yönetiyorlar, ama kimse vicdan aramıyor bu işlerde. Kendi işlerini biliyorlar, her biri kâr ustası.

Kimileri cemaatleri, şehirleri, vilayetleri, koca koca ülkeleri yönetiyor ve gürültüyle bağırıyorlar başka siyasi partilerden insanlara: Ulusu nasıl yönetmek gerektiğini bir ben biliyorum, diye."

"İlkokullardaki öğretmenler milyonlarca çocuğa öğretiyor," diye devam ediyordu MacDonald:

"Üniversitelerdeki profesörler binlerce öğrenciye yüzlerce konferans veriyorlar. Rahipler vaazlar veriyorlar, gazeteciler her gün, bakanlara ve krallara, ulusları nasıl yönetmek gerektiğini öğretiyorlar.

Hepsi de akıllı, **hepsi de** bilge, **hepsi de** her şeyi biliyor; ama soracak olsanız bunlara: 'Neden böyle rezil yaşıyorsunuz siz? Neden hayatın sanatçıları, kurucuları olmak istemiyorsunuz?' Hepsi birde, tecrübesiz çocuklar gibi davranırlar: 'Hayatın sanatçıları, kurucuları olmak yerine tembel asalaklar ya da yırtıcı soyguncular olduysak, suçlusu biz değiliz ki. Bize başka bir şey öğretmediler. **Siz** öğretsenize!'

"Ve kimsenin onlara öğretmediği yakınmaları, hayatı kurmayı onlara öğretsinler diye ricaları, kaba bir ikiyüzlülük, tembel bir ilkokul öğrencisinin can sıkıcı yalanından ibarettir," diye hiddetleniyordu MacDonald:

Herkes pekâlâ biliyor **ne** yapmak gerektiğini, yalnız kimse yapmak **istemiyor** veya **yapamıyor**. **Yapamıyor**, çünkü gelişkin, eğitilmiş, medeni yetilere sahip değiller, yapma **ihtiyacı** duymuyorlar.

Herkes yemek gerektiğini biliyor, ama hastalar gibiler: İştahları yok, böylece ya yemiyorlar ya da kötü yiyorlar. İnsanların çoğunluğu da iştahları, yani hayatı kurma arzuları olmadığından hastalar. Onları iyi etmek gerek.

Nasıl ve neyle?

Onlara yemenin, hayatı kurmanın yararından bahsederek değil, içlerinde bu kurma arzusunu uyandırarak.

Kandil yağla doldurulup güzelce ayarlanırsa, 'Elimden ne gelir ki?' diye sormaz bir daha."

"Siz de canlı kandiller olun," diye yazıyordu L. MacDonald:

"Her biriniz, yaptığınız işle ısıtın ve aydınlatın etrafınızı."

"Bir soba temizlenip de iyi odunlarla doldurulursa, 'Elimden ne gelir ki?' diye sormaz. Evi ve evdeki insanları ısıtır.

Siz de, şu soğuk hayatımızda ruhlara sıcaklık veren canlı sobalar olun"

"Benim vazifem," diye yazıyordu MacDonald:

"Her bir muhtelif insana onun için özel, bir tek onun ne yapacağını yazan reçeteler sunmak değil; ama herkeste şu arzuyu, ihtiyacı uyandırmak:

En iyi yağla dolu canlı bir lamba olmak.

En iyi odunla dolu canlı bir soba olmak."

"Bu yüzden, kimbilir kaçıncı defa **dindarlıktan** bahsediyorum size," diyerek kitabının ana fikrine dönüyordu MacDonald."

"Ne bilim, ne felsefe, ne sanat, ne siyaset, ne teknoloji çekip çıkarabilir hayatı acılardan; ne de insanlar kurtarabilir onu kötülükten, eğer bu insanlarda, ulusta, uluslarda dindarlık yoksa."

"Dinden değil dindarlıktan söz ediyorum," diye altını çiziyordu MacDonald:

"Dinler çok sayıda olabilir ve ölmedirler de, ama dindarlık biricik bir şeydir: Bütün dinlerden insanlarda ortaktır o.

Tanrıya kurban olsun diye oğlunu ya da kızını yakan vahşi, bunu kaba, **çirkin, rezil** bir formda ortaya koyuyor olsa bile, yüksek bir dindarlıkla doludur. Bu vahşi, vahşi formundadır,

ama hayatı yöneten güçle yoğun bir bağı hissediyordur. Ve bu güce, evindeki en değerli şeyi verir; çocuğunu.

Assisili Francesco, yeryüzünde Hıristiyan inanışına göre güneş gibi bir mutluluğun havarisi olan bu aziz, bir Floransalının gürültülü, neşeli, lüks zengin hayatını bırakır ve üzerinde sadece keşiş cübbesiyle insana, tanrıya, gökyüzündeki kırlangıca, ormandaki kurda olan sevgiyi uyandırmak için halka gider.(1)

Diğer manastır tarikatının kurucusu Dominicus gibi, inanç dogmalarının gözü kara bir koruyucusu değildir o.(2) Dominikenler, **Domini canes**'tir, yani tanrının ve imanın kapı köpekleri. Fransiskenler ise kapı köpeği değildir. Onlar kâinatta sevginin birliğinin havarileridir. Sadece yeryüzünde değil, kâinatta.

Gökyüzündeki güneş ve yıldızlar, topraktaki solucan, evdeki anne, ülkedeki bakan, tarladaki ot – bütün bunlar, biricik, yüce bir yaratıcı gücün muhtelif görünüşleridir, hepsi tek bir ailedir. Her şey bizim için aileden biridir, her şey birbirine yakındır. Kardeşler, dostlar, iş arkadaşları, yardımcılardır bizim için.

Ben sizin için, siz benim için, bu dünyada biz ve bizde dünya, hepimiz tek bir şeyiz. Eğer dünyaya zarar verirsen, eğer insanlara ya da hayvanlara fenalık yaparsan, kendine zarar vermiş, kendini çirkinleştirmiş, şekilsizleştirmiş olursun."

"İşte dindarlık böyle bir şeydir," diye yazıyordu L. MacDonald:

---

(1) Assisili Francesco (1181 veya 1182-1226); Fransisken tarikatının kurucusu.

(2) Aziz Dominicus (1170-1221); Dominiken tarikatının kurucusu.

"O, her şeye ve herkese yönelik en temiz, güneşli, çalışkan sevgi duygusudur.

Hem dosta, hem düşmana!

Hem tanrıya, hem kurbağaya!

Hem Rafael'e, hem duvarcıya!"

* * *

Şöyle yazıyordu L. MacDonald kitabının sonunda:

"Koca koca uluslar vardır ki, asırlar boyunca, nesilden nesile, daha ilk çocukluk yıllarından itibaren cesareti, sabrı, yaşlılara itaati öğretirler kabile mensuplarına, eski Sparta'da olduğu gibi.

Kimi uluslar da vardı ve vardır ki, en yüksek erdem olarak düşmanlarına öfke, bütün hasımlarına karşı kan dökücü bir nefret öğretilir.

Ulusların tarihlerinde bazı dönemlerde ise, Caracalla ve Commodius'ların çürümüş Roma'sında ya da III. Napolyon'un monarşisinde olduğu gibi, herkesi kapsayan bir soygunculuk, ucuz ve kaba safahat, tensel lüks arzusu, toplumu pençelerine alır.

Kimi uluslar vardı ve vardır ki, bir sistem olarak, hayatın bir gereği olarak ulus kitlelerine kâh kanun ve disiplin duygusu, kâh yurtseverlik, kâh horoz dövüşü ve şovenizm öğretilir.

Kendine yeterlik, aklın kuvveti, iradenin kuvveti, karakter sahibi olmak ve buna benzer şeyler de uyandırılır, gelişir, eğitilir ve incelerek kültür haline gelir."

"Ama nerede, hangi ülkelerde, hangi dönemlerde, sistematik, bilimsel, insan ruhunun temeli olarak, insanın ve geleceğin uluslarının başlıca motor gücü olarak gelişmiştir dindarlık, incelerek kültür haline gelmiştir?" diye heyecanla soruyordu L. MacDonald:

"Tazıları yetiştirirler, koşu atlarını yetiştirirler, edepli konuşmayı öğretirler, siyasi fenalığı, partiler mücadelesini, ulus kitlelerinin aldatılmasını meydana getirirler. Komünizmin önderleri, proletaryada mülk sahibi sınıflara karşı nefret yeşertir.

Yüzlerce ve binlerce kültür! Sürü kültürü, ve sürü mensubiyeti kültürü!... Ama kimse insanlarda dindarlık kültüründen söz etmez."

"İnsanlarda ve uluslardaki dindarlık kültürünün yerine, bütün yerkürede, dogmalar ve yüzlerce din kültü konuldu," diye haykırıyordu L. MacDonald ve ekliyordu:

"Peki, ne olacak? Size göre, bir defa söylemek yeterli mi bunu? Daha sonra, ünlü müteveffayı mezara koydukları gibi Bilimler Akademisinin raflarına konulacak binlerce sayfalık ağır felsefe metinleri yazmak yeterli mi? Bilge değil ama düzenbaz onlarca insan var aranızda. Mezar taşlarını seviyorsanız eğer, mezarlığa gidin... Ölülere gelmedim ben, ve ölümden, toplumsal çürümeden kurtulup manevi yeniden doğuşa çağırıyorum sizi.

Aydınlık bir paskalya ayinine çağırıyorum sizi! Şu dünyayı yaratan yüce şairin hakaret değil bahtiyar sevgi şarkısını birlikte söylemeye çağırıyorum! Mutluluğa aç insanlar olarak söyleyin onu! Ve güneş gibi ışıtın herkesin hayatını mutlulukla!"

"Çok uzun zaman önce, Roma'nın Akdeniz hâkimiyeti için Kartaca ile savaştığı zamanlarda," diye yazıyordu L. MacDonald, beşinci baskının önsözünde:

Büyük Roma'nın zalim koruyucusu Cato, uygun ya da uygunsuz her fırsatta, dinmeksizin tekrar ediyordu aynı cümleyi: "Kartaca yok edilmelidir!"[(1)]

Senatoda, özgür toprakların yeni fethedilen ülkelere genişle-

---

(1) Kartaca ve Roma'nın Akdeniz hâkimiyeti mücadelesi, M.Ö. 7. yüzyıldan 2. yüzyıla kadar sürdü. Üçüncü Punik savaşıyla Kartaca yok edildi. Yaşlı Cato (M.Ö. 234-149), "Kartaca yok edilmelidir" diyen Roma siyasetçisi.

tilmesi üzerine konuşmalar yapılıyor, herhangi bir komşu halkla birlik ya da barış üzerine tartışmalar yürüyor, şu ya da bu halk kahramanını nasıl ödüllendirecekleri görüşülüyordu, Cato ise son konuşmacı olarak çıkıyor ve diyordu ki: "Hepsi tamam, bilgece karar verdiniz ama en önemli şeyi unuttunuz. Onu da ben söyleyeyim size: Her şeyden önce, bize düşman olan Kartaca'nın gücü kırılmalıdır. Kartaca'yı yok edin."

Cato, fikrini Roma'nın bütün yöneticilerinin kafasına sokana kadar tekrar edip durdu. Ve Kartaca yok edildi. Roma, denizin tek hâkimi oldu.

"Ben de size öyle tekrar ediyorum," diyordu L. MacDonald:

"Temel fikrimi yüzlerce defa yinelemeye, talebimi yinelemeye hazırım: Asalak olmayın, hayatın yıkıcıları değil kurucuları olun.

Bunu bilmek yetmez. Her zaman akılda tutmak ve hiç unutmamak gerekir. Hayatı kurmanın bir borç, ihtiyaç ve mutluluk olduğunu hissetmek gerekir. İnsanda romatizma ya da buna benzer, merhem sürerek tedavi edilen bir hastalık varsa, bu merhem ağrıyan kola, bacağa, omza ya da göğse öylesine sürülmekle **bırakılmaz**. Ağrıyan yer merhemle **ovalanır**. Uzun süre ovalanır. Defalarca. On defa, yüz defa, merhem artık etkisini gösterene kadar."

"Ben de fikirlerimi, duygularımı, çağrılarımı öyle ovalıyorum sizin üzerinizde," diyordu MacDonald. "Siz de," diye devam ediyordu:

"Sigaranızı ya da puronuzu rüzgâra karşı yakmak istediğinizde onu yakana kadar üç, beş, on kibrit çakarsınız. Eğer yıkım tehlikesiyle karşı karşıyaysak ve bununla kalmayıp etrafımızdaki her tür faaliyet ateş yakmanın güç olduğu bataklığa benziyorsa, beyninizi, iradenizi bir defada tutuşturmamı nasıl istersiniz?"

"Bu yüzden," diye bitiriyordu önsözünü L. MacDonald:

"Hani 'sistemsizlik' diyerek suçluyorsunuz ya beni, o benim '**sistem**'imdir, pedagoji yöntemimdir, tekrarlarım tek bir noktaya vurularak açılan kuyu gibidir... Köy muhtarı, vergisini ödemeyen vergi mükellefine sadece bir defa 'Şu kadar borcun var, öde!' demekle yetinmez. On defa, yirmi defa, her karşılaşmasında der ki bu vergi mükellefine: 'Ne zaman ödeyeceksin? Ödeme zamanını çoktan geçirdin!'

Ben de **her bir** okuruma, kitabımdaki **her** bölümün sonunda, **her** sayfanın sonunda şunu hatırlatmak isterdim: 'Hayatı kurmaya ne zaman başlıyoruz? Siz, beyefendi veya hanımefendi, ne zaman ödeyeceksiniz hayata olan borcunuzu?'"

* * *

MacDonald, kitabını da çok güzel bir efsaneyle bitiriyordu:

"İki ruh karşılaşmışlar: Birincisi kötülüğün, ölümün, şiddetin, yalanın ruhu; ikincisi, hakikatin, iyiliğin, bahtiyarlığın ve hayatın ruhu. İçlerinden hangisinin daha güçlü olduğuna dair tartışmaya tutuşmuşlar. Tartışmayı kötülüğün ruhu başlatmış. Kaba bir alaycılıkla hakikatin, iyiliğin, hayatın ve bahtiyarlığın ruhuna eğilmiş bu:

Can sıkıcı bir gölge gibi ne dolanıp duruyorsun yeryüzünde? İnsanları bıktırıyorsun, onların geçmişti ve şimdi oldukları ve gelecekte de kıyamete kadar olacakları şey değil, mutlulukla hayvan olmalarına engel çıkarıyorsun. İnsanlar ve uluslar konuşan hayvanlar olmak istiyorlarsa eğer, bırak öyle olsunlar. Eğitilmiş hayvan sürüleri olmak istiyorlarsa eğer, rahat bırak onları... Hem zaten sen ne değiştirebilir, ne de yeniden doğurabilirsin onları. Senin değil, benim sürüm bu... Onlara ne lazım olduğunu ben biliyorum. Onların nasıl etkileneceklerini, nasıl idare edileceklerini biliyorum. Onlar da beni dinliyor, peşimden geliyorlar. Onlar üzerinde iktidar sahibi olmak için yapılacak bir mücadelede ben senden daha güçlüyüm... Unutma, binlerce, binlerce yıl boyunca nice ermiş, nice peygamber, nice asil bilge gönderildi insanlara. Bunların hepsi de bana karşı mücadele ettiler. Peki nasıl sona erdi bu mücadeleler?... Onların, senin yenilginle.

Ben, yeryüzündeki ilk iki insanı, Adem ile Havva'yı, tanrıya itaatten uzaklaştırdım," diye şevkle konuşuyordu kötülük ve ölüm ruhu.

Benim Kabil'im, senin Habil'ini öldürdü.

Benim Delilah'ım, senin Samson'unu kör etti.

Benim rahiplerim, senin peygamberlerini öldürdü.

Benim gücüm, Sokrat'ı zindanda zehirledi.

İsa'yı Golgota'da ben çarmıha gerdim.

Benim irademle, Roma sirklerinde senin en iyi insanlarının binlercesini telef ettiler.

Benim ellerim tutuşturdu Hus'u ateşte.[1]

Dini engizisyonun eline ben verdim. Avrupa siyasetini tiranlık ve yalana çevirdim. Özgürlük savaşçıları cellat yaptım, onların iktidarına da giyotini verdim.

İsa'nın çöldeki tefekkürünü hatırlıyor musun? Ben o zaman kırk gün boyunca yan yanaydım İsa ile. İsa'ya şöyle diyordum:[2]

Kendini kandırma, hayallere kapılma! Şu dünyanın insanlarından Tanrısal hükümdarlığın evlatlarını yaratabileceğini düşünme. Onlara idealler, hakikat, yüksek fikirler lazım değil, tokluk, tembelce bir sükûnet, hayvanca, domuzca bir hoşnutluk lazım. Karınları için ekmek, vücutları için mutluluk, gözleri için seyir ver onlara – o zaman hepsi senin olur. Arkandan çöllere, dağlara gelirler. Seni hükümdarları kabul ederler. Senin için yaşar ve ölürler.

---

(1) Jan Hus (1369-1415); Katolik kilisesinde reform için mücadele eden Çek asıllı papaz; ölümünden sonra Hussi hareketi ortaya çıkar.
(2) Matta.4:1-12, Luka.4:1-13.

"*Ama* o, *beni dinlemek istemedi,*" diyerek meşum bir tavırla sırıtmış karanlık güçlerin ruhu:

O zaman ben de ona *başka bir öneride bulundum:*

"Bir mercimek çorbasına almak istemiyor musun insanların ruhlarını? Onlara midelerinden değil, ruhlarından etki etmek istiyorsun? Öyleyse, şaşırt onları! Akıllarını ve yüreklerini, mucizeler yaratan güçlerinin bir gök gürültüsü, bir şimşeğiyle hayrete düşür. Böylece sana baktıklarında yüksek bir varlık görsünler ve kör bir itaatle, kölece takip etsinler seni."

"*Ama buna da hayır dedi!*" demiş karanlık ruh, horgörülü bir sırıtmayla:

"*Görüyorsun ya,* o, *ne toklukla, ne kutsal bir huşuyla, ne hayranlığa düşürerek satın almak istemiyordu insanları ve yapmadı bunu! Yeryüzünün bu keçilerinden bilinçli, özgür, kişisel bir yücelik istiyordu o.*

O zaman, üçüncü bir öneride bulundum ona*:*

"Peki! İnsanlar kendilerini yüce hissetsinler mi istiyorsun? İradeleri ve güçleriyle başkalarını kendiliklerinden şaşırtmalarını mı istiyorsun? Öyleyse Roma'ya ve Romalılara bak. Roma'nın iradesi, yeryüzündeki haklar için kanundur. Her Romalı, gururla der ki: 'civis romanus sum' yani 'ben bir Roma yurttaşıyım'. Ve hiç kimse, bir Roma yurttaşına hakarete cüret edemez. Roma, dünyanın hâkimi, hükümdarıdır.

"Beni dinle!" dedim ona. *"Benim önerilerime göre yönet, benim yolumdan git; o zaman Roma'dan bile güçlü olursun. Roma senin hizmetçin, kölen olur. Bütün dünya senin hâkimiyetin altına girer.* Kendi hükümdarlığını *kurarsın!*"

"İsa'nın, **şeytanın** kanunlarına göre kurulmuş hükümdarlığı, demek?" demiş tatlı bir tebessümle ve merakla bakmış hakikatin ruhu, kötülüğün ruhunun gözlerine.

Beriki gözlerini kaçırmış ve homurdanmış:

"Nesi varmış? Her yerde gene onun ismi olacak! İsa'nın hükümdarlığı, İsa'nın iktidarı!"

"Ama ruh, senin," demiş aydınlık ruh, gene tatlı bir tebessümle.

"O da bana aynen öyle cevap verdi ve tiksintiyle uzaklaştı yanımdan. Ama benim ruhum, onun ruhundan *güçlü çıktı işte,"* demiş karanlığın ruhu, meşum bir tavırla. *"Ve Golgota'da zaferimi kutladım.*

"Her yerde ve her zaman, zaferi ben kazandım. Şimdi de ben kazanıyorum. Her zaman ben kazanacağım," diye homurdanmış karanlık ruh, meşum bir tavırla, kendinden geçmiş gibi. *"Siz yaptınız, ben yıkıyorum. Siz hakikat ve sevgi ekiyorsunuz, ben sizin ektiğiniz tohumları çiğniyorum.*

"Siz tutuşturuyorsunuz, hem de ağır ve uzun çabalarla tutuşturuyorsunuz aydınlık ideallerin ateşini, bense bir nefeste söndürüyorum o ateşleri. Pis kokulu bir kuruma çeviriyorum. Delikanlıların ve genç kızların sevgisinin çiçeklerini şehvetin kirine çeviriyorum. Özgürlükten safahat yapıyorum, iktidardan şiddet ve terör. İsa'nın sevgi öğretisini insanlar arasında dini nefretin sebebi yaptım ben. Halkların kardeşliğinin yerine herkesin herkese karşı savaşını koydum.

"Benim yeryüzünün efendisi! Benim insanlığın hâkimi! İnsanlar da, uluslar da, benim keyfimce yaşıyorlar!" diye fırlatmış karanlığın ruhu kelimelerini aydınlık ruhun yüzüne.

Aydınlık ruhun yüzünde ise aydınlık bir tebessüm varmış. Sanki bu mutlu aydınlığıyla karanlık ruhun karanlık yüzünü de aydınlatmak ister gibiymiş.

"Neden susuyorsun?" diye öfkeyle sormuş kötülüğün ruhu. *"Söyleyecek bir sözün yok mu?... İtiraz dahi edemiyor musun?... Zaferimi kabul ediyor musun?"*

"Senin mi?... Gerçekten muzaffer olduğunu mu sanıyorsun

sen? Tanrıya, İsa'ya, yeryüzündeki şu yüce, kutsal davaya karşı kazandığını mı sanıyorsun?..."

"*Elbette!*" diye haykırmış karanlık ruh, mağrur bir tavırla.

"Zavallı düşmanım benim! Işığın acınası düşmanı! Şımarık, kaba ve aptal bir oğlan çocuğu gibi, büyük bir bacadan gökyüzüne kalın mı kalın, pis kokulu bir tütün dumanı salıyorsun da, güneşin ışığını öldürdüğünü sanıyorsun!... Tanrıya, İsa'ya, iyiliğe, hayattaki hakikate karşı zaferin böyle bir şey!... İsa'yı Golgota'da öldürdüğünü mü söylüyorsun? Ama Golgota'daki çarmış, fedakârlığın simgesi, iyiliğin kötülüğe karşı zaferinin simgesi oldu. O çarmıh adına binlerce ve binlerce insan, hakikat uğruna işkencelere ve ölüme yürüdüler ve yürüyorlar... Hus'u yakan ateşi, milyonlarca insan için hakikatin yolunu aydınlattı... **İnsanları, büyük ideallerin taşıyıcılarını** öldürdün ve öldürüyorsun, ama **ideallerin kendisini** öldüremedin ve öldüremezsin... Azizlerin kanı, yeni ekili aydınlık düşünceler için en iyi şudur. Senin **cinayetlerin**, fikir ve düşünce **azizlerini** doğuruyor. Yeni insanları da yüce hakikat ve iyilik ideallerine çekiyor."

"*Öyleyse bu idealleri de saptırır, bozarım,*" diye araya girmiş kötülüğün ruhu.

"Saptırırsın, ama hepsini birden değil. Buna gücün yetmez. Tek tek ateşleri söndürürsün, ama ışığı ve ateşi öldürmeye gücün yetmez."

"*Ben, güçlüyüm Ben, gücüm! Öldürebilirim ve öldüreceğim! Yeryüzündeki aydınlık her şeyi öldüreceğim!*" diye delice bağırmaya başlamış karanlık ruh.

"Kelimeler üzerinde tartışmayalım," diyerek durdurmuş düşmanını aydınlık ruh. "Hadi, gücümüzü eylemde sınayalım."

"*Nasıl?*"

"Bir meşale alalım, meydanın orta yerine dikelim onu..."

"*Ee, sonra?*" demiş kötülüğün ruhu sabırsızlıkla.

"Ben, göğsüme vuracağım," diye devam etmiş aydınlık ruh. "Kıvılcımlar saçılacak ve meşaleyi tutuşturacak. Meşale uzun süre, parlak bir alevle yanacak ve karanlıkta kalmış insanları aydınlatacak. Sen buna benzer bir şey yapabilir misin?"

"*Ah, tabii ya, her şeyi ebediyen tutuşturma çaban senin!*" diye horgörüyle gülmüş karanlık ruh. "*Sen her şeyi tutuşturursun! İnsanların aklını tutuşturursun, vicdanlarını tutuşturursun, ruhlarını alevlendirirsin! Kahramanlarla, büyük insanlarla oynayıp durursun! Aptalca hezeyanlar!*"

"Neden?" demiş hayatın ruhu, gene aydınlık bir tebessümle.

Çünkü insanlar kahraman değiller. Dünya dedikleri şu kocaman gübre yığınındaki solucanlar onlar. Her çeşit ışığa, gözlerini yaraladığı için düşman olan köstebekler onlar. İnsanlar, tatlı yalanları severler. Hükümdarlar, bakanlar ve bütün idareciler, dalkavukluğu severler. Bizzat kendileri, kaba tecavüzcüler, kaba haydutlar, tembel eşekarılarıdır onların; ama başkalarının onları bilge, asil, ulusun babası saymasını pek severler.

Milyonlarca insan, aklen de, manen de sersem. Sadece mideleri için yaşıyorlar. Çalışmaktan nefret ediyorlar. Kendilerine âşıklar, safahat içindeler, ahlaken yozlaşmışlar; ama akıllı, kültürlü, sayılsınlar, bencillikten uzak, hayatın ideal sahibi kurucuları sayılsınlar istiyorlar.

Uluslar, iki ayaklı hayvan sürüleridir. Çalışıyorlarsa, köleler gibi, açgözlülüktendir: Mecburiyetten ya da öyle buyurulduğundan, ya da ihtiyaçtandır. Ve bu iki ayaklı hayvanlar kaba, zalim. Köpekler gibi hiç durmaksızın hırlaşıyorlar aralarında. Az toprakları olduğundan hırlaşıyorlar ve birbirlerinin toprağını almak istiyorlar. "İnançlarındaki" farklılık yüzünden hırlaşıyor ve dövüşüyorlar: Neden bir sürünün, tanrı ve onun kanunları hakkında kendince bir anlayışı var da, başka bir sürünün başka bir anlayışı var diye. Kabile, soy farklılıkları yüzünden hırlaşıyorlar. Yazılarındaki farklılıklar yüzünden hırlaşıyorlar…

Ve bütün bu konuşan öküz, koyun ve kurt sürüleri, tanrı tarafından insanlığı kurtarmak için gönderilmiş sayılmak istiyorlar," demiş ve meşum bir kahkaha atmış karanlık ruh. *"Her bir sürü, kendisinin en becerikli, en medeni, en asil ulus olduğuna emin.*

Ama hepsi de kaba. Her şeye karşı kabalar: başka uluslara, kendi kabilelerinden olanlara, kendi ailelerinden olanlara, karılarına, kocalarına, çocuklarına karşı. Kendilerinden yüksek olanlara karşı dalkavuk, ama alçak olanlara karşı küstahça kabalar.

Yalancı ve haysiyetsizler. Yalanla yaşıyorlar. Yalansız yaşamanın mümkün olduğunu dahi düşünemiyorlar. Yaptıkları ticaret, soygundan ibaret. Siyasetleri ya alım, ya satım. Düşünceleri, kelimeleri, davaları satıyorlar. Vicdanı, vatanı, tanrılarını satıyorlar.

Ve hepsi muhteşem kıyafetler giyiyorlar: ruhun asaleti, büyük idealler, kahramanlık, insanların kardeşliği, vatan ve insanlık sevgisi üzerine konuşmayı seviyorlar."

"Bütün çağların binlerce kitap kurdu, insanlık tarihinin anlam ve niteliğini tespit etmek için kafaları yarıyorlar," diye homurdanmış kötülüğün ruhu. "Oysa hayatın anlam ve niteliği basit, açık. İnsanların hayatı, ulusların hayatı, bütün insanlığın hayatı, maskeli balolardan ibaret… Maskeli balolardaki kıyafetlere bir bakıyorsun: hepsi de bilge filozoflar, kahraman şövalyeler, krallar, sultanlar, hükümdarlar, rahipler, aklın, güzelliğin, müziğin tanrıları, şiirin, hakikatin, dehanın ta kendileri, ama bütün bunlar… sadece kostümler; bu tanrıların, hükümdarların ve bilgelerin kostümleri altında ise kötü aşçıların, işportacıların, kendinden hoşnut sersemlerin ya da küçük dolandırıcıların ruhları var.

"Bütün hayat, benim saf hayalperestim," diyerek horgörüyle aydınlık ruhun gözlerinin içine bakmış karanlık ruh, *"Bütün hayat, panayırlardaki kötü temsillerden ibaret. Ondaki her şey re-*

zil: simli ayna yerine teneke. Mermer yerine boyalı kâğıt, pırlanta yerine renkli cam…

"Ve sen buraya aydınlık getirmek mi istiyorsun? Neden? Çirkin yüzlerdeki güzel maskeleri indirmek için mi?… Rahat bırak insanları: Bırak ki budalalar, bilge oldukları, köleler de dünyanın efendileri olduklarını düşünsünler… Sen, şu 'aydınlık meşalelerinle', bilge düşüncelerin, vicdanın meşaleleriyle, hayattaki mutluluğumuzu bozuyorsun sadece. İnsanların ve ulusların kendinden hoşnutluklarını parçalıyorsun… Meşalelerini tutuşturarak giriştiğin şu hokuspokusu bırak artık. Yeryüzünde kimsenin ihtiyacı yok onlara. Evet, onlar… faydasız," diyerek kahkahalarla gülmüş karanlık ruh.

"Sen de az kurnaz değilsin!" demiş aydınlık ruh ve o da gülmeye başlamış. "Senin, benim sulh edilmez düşmanım, güçlü ve 'kurnaz' bir mantığın var. **Çarpık** bir ayna gibisin: Her şeyi çarpıtarak yansıtıyorsun. Ve nice insanı, bu çarpık aynalarınla kandırdın!

"Tabiatları itibariyle asil nice delikanlıları ve genç kızları umutsuzluğa sürükledin bu çarpık aynalarınla! Onların insana, insanlara, hayatın yüceliğine ve güzelliğine inancını **öldürerek,** hakikatin ve iyiliğin gücüne inancı öldürerek intihara sürükledin onları. Hayatın kurucuları olabilirlerdi, ama sen, aynalarınla hüzün verici süprüntülere cevirdin onları…"

"Görüyorsun, görüyorsun, görüyorsun," demiş ve meşum bir mutlulukla suratını büzmüş karanlık ruh. *"İtiraf ediyorsun işte: Senin kurucularını benim süprüntülerime çevirdim… Demek ki, ben senden daha güçlüyüm! Senin bütün inşa çabalarını bozuyorum!"*

"Kes gürültüyü, karanlık ruh!" demiş hayatın ruhu, sakince. "Kelimelerinin kuru çöplerini toz gibi saçma gözlerime. Bütün bunlar, senin demagog olarak, kalabalıklara yalan söyleyen biri olarak alışkanlığın. Uzun uzun dinledim senin şu **karanlık felsefeni** ve sözünü kesmedim. Sen de benim 'naiv' dediğin felsefemi dinle sonuna kadar... Senin gücünü inkâr etmiyorum. Ne kendimi, ne de beni takip etmeye çağırdıklarımı kandırmıyorum. **Senin** gücün, daha doğrusu **senin** güçlerin, büyük ve çeşitli! Söylüyorum ya sana: Binlerce, binlerce genç idealisti öldürdün ve öldürüyorsun. Ama sarsılmaz güçlere sahip olduğundan öldürmüyorsun onları, kurbanlarının **genç** zihinleri olgunlaşmadığından, mantıkları zayıf olduğundan öldürebiliyorsun.

"Sen, lanetli düşmanım, tartışmalarda hileci kumarbazlar gibi tehlikeli bir rakipsin. Mantığını, hilebazın elleri gibi, dikkatle ve tecrübeli gözlerle takip etmek gerekiyor, yoksa pat diye konuverirsin ortadaki paraya," demiş ve gülmüş aydınlık ruh.

"*Yani ister dahi, şüpheci ve kötümser olsun herkes, sana göre hilebaz, kalabalığın demagogları, öyle mi?*" diye mağrur bir tavırla karşı çıkmış kötülüğün ruhu. "*Yani Voltaire, Rabelais, dâhi Swift, antik çağlardaki Petronius ve Lucretius, Sokrat'ın manen güçlü rakipleri Gorgias ve Aristofanes,*[1] *ve çağdaş Leopardi ve Schopenhauer, sana kalırsa aşağılık yalancılar, demagoglar, düşünce hilebazları, öyle mi?... Zavallı cahil! Siz hepiniz, naif iyiliğin hizmetkârları, doğru düzgün itiraz etmek yerine sebepsiz karşı çıkarsınız. Küçük çocukların taş ve çamurdan toplar atmaları gibi siz de hakaretamiz çığlıklar atarsınız.*"

"Biliyor musun, seninle tartışmak aslında pek zevkli," demiş ve gene gülmüş aydınlık ruh. "Gayet becerikli bir kelime ve fikir

(1) Gorgias (M.Ö. yak. 485-yak. 380); Sicilya'daki Yunan kolonisi Leontini'den antik Yunanlı sofist. Aristofanes (M.Ö. 456-386); "komedinin babası." Rabelais (1494-1553); ünlü "Gargantua"nın yazarı, Fransız hekim ve keşiş. Petronius (27-66); Romalı satirist. Lucretius (M.Ö. 95-55); Romalı şair ve filozof; eserlerini Cicero tamamlamıştır.

silahşorüsün sen. Kartları da pek güzel karıyorsun. Hilebazlıkta neredeyse bir dâhisin."

"*Neden ki?*" diye sormuş karanlık ruh şaşırarak.

"Tam da senin zayıflığın aslında bu," demiş aydınlık ruh. "Yalan söylediğini biliyorsun. Kartları hileli kardığını biliyorsun ve anlamamış gibi yapıyorsun... Ama, tekrar ediyorum, her konuda daha güçlüyüm ben senden. Senin insanlar dediğin topluma hakikatle yazılmayacak adın, işte bunu söylerim sana. Yunanistan'ın şüphecilerini ben de senin kadar bilirim: sofist Gorgias'ı, Prodikos'u, Protagoras'ı.(2) Eski Roma'nın şüphecilerini de bilirim: Lucretius'u ve Petronius'u. Rabelais'yi, Swift'i, Voltaire'i de bilirim. Descartes'ın felsefesini de bilirim, o felsefenin ana öğretisini de: *omnia dubitanda sunt* – her şeyden şüphe etmeli.

"*Görüyorsun, görüyorsun, görüyorsun: 'şüphe etmek', her şeyden şüphe etmek, hiçbir şeye inanmamak. Demek ki, hakikat yoktur. Şüphe edilmeyecek hiçbir şey yoktur,*" diye bağırmaya başlamış gene kötülüğün ruhu.

"Çocuk gibi davranma, beni de çocuk yerine koyma," diyerek sözünü kesmiş düşmanının, aydınlık ruh. "Şüpheci, **inkârcı** değildir; '**şüphe etmek**' de kabul etmemek, her şeyi reddetmek demek değildir. 'Şüphe etmek' gözü kapalı kabul etmemek, **teyit etmeden** kabul etmemek demektir.

"Tarihi ve hukuki belgelerin orijinalitesini teyit ederler. Şahit ifadelerinin doğruluğunu teyit ederler. Süt ve ekmek satıcılarının dürüstlüğünü teyit ederler. Altının saflığını teyit ederler. Ve incelemelerinden sonra objenin ya da insanın şüphe götürmezliğinden emin olurlarsa, kabul ederler. Kabul ederler, tutup bir kenara atmazlar.

---

(2) Prodikos (M.Ö. 465-399); Sokrat öncesi Yunan düşünürlerinden. Protagoras (M.E. 481-420); felsefede sofist akımın kurucusu.

"Descartes de her şeyi inkâr **etmemek**, ama **kesin bir incelemeyle** kabul etmek gerektiğini öğretir. 'Arı' hakikati, 'arı' doğruluğu, 'arı' mantığı sever o. Bilinçli ya da **bilinçsiz** yalan karışmamış hakikati...

"*Ama Gorgias, Prodikos, Protagoras,*" diye araya girmiş kötülüğün ruhu... "*Onlar hiçbir şeyi hakikat olarak kabul etmezlerdi. Onlar, yeryüzünde tam ve şüphe götürmez hakikatin olmadığını, her şeyin görece olduğunu öğretirlerdi.*"

"Onların yaşadığı dönemde insanlar havada uçmuyorlardı," diye itiraz etmiş aydınlık ruh, "sadece kuşlar ve böcekler uçuyorlardı; oysa şimdi insanlar, havaya da kara gibi egemen oluyorlar. Demek ki, Gorgias ve Prodikos, filozof olarak, mantık insanları olarak şöyle diyebilirlerdi: 'İnsanlar, bizim çağımıza kadar, bizim yaşadığımız günlere kadar henüz bulamadılar herkesi ikna edecek tam hakikati." Ama bu, insanlığın onu hiçbir zaman bulamayacağı anlamına gelmez... İnsanlar, halklar, toprağın altındaki bütün altını da bulamadılar. Bütün kömürü de bulamadılar. Bütün petrolü de bulamadılar... İnsanlar doğanın **bütün** kanunlarını bulamadılar, hayatın bütün gizemlerini de çözemediler. Doğanın bütün güçlerini kullanmanın yollarını da bulamadılar...

"Daha da bulamadıkları bir sürü şey var. Ama bu yüzden umutsuzluğa kapılmadılar. Bir kenara çekilmediler; daha güçlü şekilde, daha çok şey bilerek aramaya devam ediyorlar. Ve her gün yeni zenginlikler ortaya çıkıyor: Toprağın zenginlikleri, aklın ve bilginin zenginlikleri, insan yüreğinin hakikatleri ve zenginlikleri. Bu zenginlikleri her gün daha iyi değerlendiriyorlar ve daha iyi kullanıyorlar onları... Benim ateşlerim, aklın ateşi, bilginin ateşi, vicdanın ateşi, her gün yeni yerlerde ortaya çıkıyor ve daha parlak yanıyor...

"Görüyor musun, karanlık ruh? Benim ışığım ağır ağır, ama

durmak bilmeden ışıtıyor yeryüzünü, hayatı ve insanları. Senin karanlığını parçalıyor..."

"Pek de güzel parçalıyor! Pek de güzel aydınlatıyor!" demiş ve neşeyle, hoşnutlukla gülmeye başlamış kötülüğün ruhu. *"Hicivci Juvenal, komedi yazarı Aristofan, bütün ülkelerin ve bütün çağların sana sadık ahlakçıları, neşeli Rabelais, sarkastik Swift, alaycı Voltaire, insanlığın aptallıklarına, sersemliklerine, alçaklıklarına, sefilliklerine, yalanlarına karşı öfke kusarlar sayfalarca. Hakaret ederler insanları, alaya alırlar. İnsanları utandırır ve kendileri de onlar yüzünden utanırlar. İnsanlığı kırbaçlarlar, nefret ederler ondan, hor görürler... Ve sen diyorsun ki,* senin *meşalelerin daha güçlü yanıyor,* senin *ateşlerin ışıyor..."*

"Elbette," demiş aydınlık ruh, kendinden emin bir edayla. "Sen, kurnaz ruh, başkalarının kartlarını öne sürüp benimle oynamak istiyorsun. Juvelan'lar, Molière'ler, Swift'ler, Voltaire'ler, öfkeli Cato'lar, kaba ve kirli âdetlerin merhametsiz savcıları, peygamberler – bütün bunlar aslında senin dostların değiller... Onlar benim meslektaşlarım! Onlar benim meşalelerim! Onlar insanların ve ulusların kirini, yalanını, kabalığını, alçaklığını yargılarlar. Onların kötülüğe karşı nefretleri, suçlamaları, açıkça şöyle der: bütün dünya hakikatin ve iyiliğin gün ışığıyla ışımıyorsa da henüz, onun muhtelif köşelerinde aydınlık ateşler daha sık parlıyor artık. Bu aydınlık ateşler insanlara hayatlarının sayısız muhtelif veçhesinin pisliğini ve çirkinliğini gösteriyor...

"Yeryüzünde hakikat, sevgi ve bilgeliğin zafer kazanacağı o aydınlık güne daha çok var, ama soğuk ve sinik bir karanlık içindeki korkunç gecenin ağırlığı da azalıyor, yalanın ruhu zayıflıyor," diye bitirmiş aydınlık ruh. "Binlerce ve binlerce parlak yıldız, çok ama çok uzaklarında gökyüzünün, kendi köşelerinden parçalamaya başlıyorlar karanlığı, şafağı haber veriyorlar."

"Şafak, karanlık gökyüzü, yıldızlar, kötülüğün ruhu..." diye

zehirli bir dille tıslamış karanlık ruh. "Bütün bunlar şairlik, hem de bomboş bir şairlik. Gençleri ağına düşürmek için ucuz fanteziler... Bense nesir yazarım, olgulara dayanırım, hayallere değil. Hayatı olduğu gibi alırım. Ve hayat, bu haliyle... senin meşalen olmaktan çok uzak! Hayat, benim devasa çöplüğüm. Bunu söyleyen ben değilim üstelik. Leopardi, Schopenhauer, kötümser filozoflar söylüyor bunu. Senin şu yüzlerce ahlakçın, Savonarola'ların söylüyorlar: Zaman ne kadar ilerlerse insanların ve hayatın da o kadar kötüleşeceğini tekrar edip duruyorlar. Onlar – ben değil, kötülük ve yalan ruhu değil. Onlar– bilgeler, kilisenin direkleri, hakikat arayıcıları, dâhi düşünürler!..."

"Gene hilebazlık yapıyorsun! Kene kartları hileli karıyorsun," diyerek gülmüş aydınlık ruh. "Hiçbir şeyin yüceliğini kabul etmiyorsun, hiçbir şeye inanmıyorsun, hiçbir kimseye saygı duymuyorsun, ama yenildiğini görüyorsun ya, hemen başkalarının arkasına gizleniyorsun, başka otoritelere atıflar yapıyorsun."

"*Gizleniyorsam gizleniyorum! Başka otoritelerse, başka otoriteler!*" demiş kötülüğün ruhu öfkeyle, "*Ama gene de otorite bunlar! Bunlar, dünyanın, kör ve yıkıcı güçlerin kaba ve aptalca bir şakası olduğunu, ya da insanların ve yeryüzünün tanrı tarafından lanetlendiğini, yok olsunlar diye fırlatılıp atıldığını öğretiyorlar. Bana değil, onlara cevap ver. Bunlar bilgelerin çıkarımları, adil insanların dünya için verdiği ölüm hükmü!...*"

"Yorulmadın mı hâlâ? Dövüşe devam mı?" diyerek gülümsemiş aydınlık ruh. "Peki, kılıç tokuşturmaya devam edelim. Tilkilerin kuyruğunu hatırlıyor musun?"

"*Tilkilerin kuyruğuyla ne ilgisi var meselenin!*" demiş karanlık ruh, gücenmiş gibi.

"Şu ilişkisi var ki," demiş gülümsemeye devam eden aydınlık ruh, "**senin** mantığın, **senin** aklın ve **senin** kurnazlığın, tilki kuyruğunu hatırlatıyor bana. Tilki kuyruğu da neticede kuyruktur, ama kısadır, kesik gibidir, sanki kuyruk değil de kuyruğu ima eden bir şeydir.

"Birçok insanın düşünceleri, aklı, yetenekleri, vicdanı, sevgisi de tavşan kuyruğu gibi kısa, top şeklindedir.

"Bilgelik, deha da böyle kısa, top şeklindedir... Bilgeliğin ve aklın da hipermetropluğu ve miyopluğu olur. Bazı insanların büyük, engin bir zekâsı vardır, bazı insanlar ise şüphesiz akıllıdırlar ama tekyönlü bir zekâdır bu, aklı dar insanlar da vardır, sevgisi kıt insanlar gibi, yüreği dar olanlar da vardır, vicdanı kısa olanlar da. İnsan, sırf keyfi öyle istiyor diye çalmaz, yalan söylemez, sinekleri öldürmez, ama partisinin başarısı için, sınıfının ya da ideallerinin menfaati için, 'vatanın iyiliği' için yapar bunu ve yalan söyler, sahtekârlık yapar, alçaklık eder, işkence eder, öldürür. Vicdanları, haysiyetleri, sevgileri, sadece **kendi** faaliyetlerinin kapsamında yeterlidir. Daha geniş bir alanda vicdanları yetmez... Fransız ihtilalinin 'kahraman'ı, 'satın-alınmaz' Robespierre, böyle kısa, kesik akıllı ve ruhlu biriydi. Zalim kilise adamı Loyola da zihnen ve manen böyle kıt biriydi. Bütün siyaset, din, edebiyat ve sanat fanatikleri, böyle dar alınlı ve dar görüşlü insanlardı, öyledirler ve öyle olacaklardır. Peygamberlerin yeryüzünü insanların günahları yüzünden telef ettiğine inanan büyük filozoflar ve iman sahibi Savonarola'lar da böyle kıt bilgelerdir.

"Karamsar filozoflar, tiksinti peygamberleri, Savonarola'lar, yeryüzünün ve insanların hayatının ve eyleminin tek bir yönünü gördüler ve görüyorlar: kaos!

"Bunlar hipermetropturlar, yaratıcılık ruhunu, bu kaostaki uyum ruhunu görmezler, hissetmezler. Dünyamız, bu yerküre yüce, sanatkârane bir ustalığın eseridir; insanlar, uluslar, insanlık ise bu eserde esasen sanatçı, inşaatçıdırlar..."

"Pek de güzel inşaatçılar! Afrika'nın vahşi yamyamları, Pers'in tiranları, Kambises'ler, Roma'nın dünya başkentindeki canavar

Caracalla'lar, 'tanrının kırbacı' Atilla'lar, İsa'nın yeryüzündeki varisi rezil Borgia'lar..."

"Bütün bunlar kaosun çocukları ve gücüdür," diye sakin bir tavırla karşı çıkmış aydınlık ruh. Kaosun gücü, korkunç fırtınalar, hortumlar, tayfunlar, deprem ya da sel gibidir. Aynı zamanda uyumun güçleri, kuruluşun güçleri..."

"*Bunların çıkardığı depremler narin mi oluyormuş?*" diye alayla sözünü kesmiş karanlık ruh.

"Öyle de olabilir," diye cevap vermiş hayatın ruhu. "Öyle zamanlar vardı ki, kâinat büyük, eriyen, korlanan bir atmosferden ibaretti. Bugünse toprak, eriyik halindeki magma topu değil artık. Maddi bir uyum içinde soğuk bir kabuk haline geldi. Yerkürenin bu kabuğunda hayat kaynıyor: Tarlalar yeşilleniyor, bahçeler çiçekleniyor, şehirler kuruluyor, Michelangelo büyük kanun koyucu Musa'nın heykelini yontuyor, Beethoven 'kahramanlık senfonilerini' derliyor. Ve o fokurdayan kuvvetler, kızgın lav ve gazlar, yeraltı dünyasına hapsedilmiş halde."

"*Ve oradan çıkıp çamurlu bir bezmiş gibi parçalayacaklar yerkabuğunu,*" diye devam etmiş kötülüğün ruhu homurdanarak.

"Bir tutuklunun onu koydukları hapishaneden kaçtığı gibi," diye devam etmiş aydınlık ruh.

"*Ama sorun olduğu yerde duruyor: şehirler inşa ediyorsunuz, binlerce yıl uğraşıp bereketli hale getiriyorsunuz toprağı, sonra lav akıyor, gaz püskürüyor ve her şey mahvoluyor. Kaos galebe çalıyor...*"

"**Kısmen**! Kısmen ve **geçici**!"

"*Nasıl yani – geçici?*" diye sormuş karanlık ruh şaşkınlıkla.

"Yani insan aklı lavı ve depremleri kurutuncaya kadar..."

"*Anlamıyorum,*" demiş karanlık ruh, gene şaşkınlıkla.

"Anlaması hem kolay, hem zor," demiş aydınlık ruh, aydınlık bir bilgelik içinde. "Bilirsin, yıldırımsavarlar vardır. İnsanların dehası, elektriğin vahşi gücünü dize getirmiştir. Yıldırımı, bir yarış atı gibi, insanın keyfince başka yeri sürer.

"İşte tıpkı bu yıldırım-savarlar gibi, dolu-savarlar, kar-savarlar, yağmur-savarlar keşfedilecek. Fırtına-savarlar keşfedilecek. Sıcak ve kuru çöller için yağmur-getiriciler keşfedilecek. Tıpkı bugün elektrik akımının şiddetini değiştirmek yoluyla buhar makinesindeki basıncı kontrol ettikleri gibi farklı ülkelerin sıcaklıklarını kontrol etmeyi de öğrenecekler... İnsanlar depremlerin nedenlerini öğrenecekler ve bu nedenleri erkenden bertaraf etmenin yollarını bulacaklar."

"*Fanteziler!*" demiş karanlık ruh horgörüyle.

"Neden fantezi olsun?" diye canlılıkla devam etmiş hayatın ruhu. "Veba, kolera, çiçek, kara veba halkların kırbacıydı, koca koca eyaletleri insansız bırakırdı, peki nerede bugün bu korkunç kuvvetler? Onları pençeleriyle parçaladılar, dişleriyle öğüttüler, boynuzlarıyla ezdiler. Sarı hummayı yok ettiler. Difteriyi etkisiz hale getirdiler. Diğer hastalıkların yarattığı dehşeti hafiflettiler..."

"*Ama insanlar, eski zamanlarda olduğu gibi hastalanıyor, aç kalıyor, ıstırap çekiyor... Milyonlarca insan doğduğu saate lanet ediyor,*" diye gene sözünü kesmiş karanlığın ruhu.

"Çünkü yaşama ateşleri henüz az, hakikatin ve iyiliğin canlı meşaleleri henüz az. Hayatın kurucuları henüz az, uyum insanları henüz az. Karın ve buzun altından çıkan taze bahar otları gibi, nadiren ve güçlükle boy veriyor aydınlık fikirler, duygular ve insanlığın içindeki ölmekte olan kaosun çatlaklarından yükselen iyi irade."

"*Başka bir deyişle, benim kaosum, benim yıkımım daha güçlü,*" diye devam etmiş karanlık ruh.

"Yeterince söz söyledik, yeterince laf yarıştırdık," diye bitirmiş tartışmayı aydınlık ruh. "Artık sıkıcı olmaya başladı. Şu yaktığım meşaleyi görüyor musun? İşte kimin daha güçlü olduğu soruna benim cevabım budur. Benim kıvılcımım tutuşturuyor ateşi..."

"İşte bu da benim sana cevabım!" demiş kötülüğün ruhu ve aleve üflemiş, meşale sönmüş. *"Görüyor musun, ateşlerine ne yaptığımı? Üflüyorum ve... sönüyor ateşler, ve... ışık filan kalmıyor."*

Aydınlık ruh, hiçbir şey söylemeden tekrar vurmuş göğsüne. Gene kıvılcım çıkmış, ilkinden daha parlak ve meşale yeniden tutuşmuş.

Karanlık ruh gene üflemiş aleve ve gene karanlık olmuş.

Aydınlık ruh üçüncü defa vurmuş göğsüne ve üçüncü defa daha aydınlık yükselmiş alev, ilk ikisinden daha parlak. Karanlık ruh üçüncü defa söndürmüş alevi.

Ve böylece dört, beş, on, otuz, yüz defa tekrar etmişler. Aydınlık ruh tutuşturuyormuş meşaleyi ve her defasında daha parlak oluyormuş alevler, ama karanlık ruh her defasında söndürüyormuş. Yalnız her defasında daha güçlü üflemesi gerekiyormuş. Yüzüncü kez söndürmek isterken ateşi, karanlık ruh öyle bir şişirmiş ki dudaklarını, patlayacak gibi olmuş. Gözlerine kan yürümüş, alnındaki damarlar mosmor belirmiş. Yüzünden sel gibi ter akıyormuş.

Aydınlık ruh ise yüz birinci, yüz ikinci, yüz üçüncü... defa kıvılcım çıkarmaya devam etmiş göğsünden.

Karanlık ruh, söndürüp duruyormuş. İlkin gülüyormuş, ama sonra kızmaya başlamış. Yalnızca güçlü bir fırtına gibi üflemiyormuş aleve, meşaleye de tükürüyormuş. Meşum bir tavırla tıslıyormuş aydınlık ruha:

"Şu aptalca, amaçsız çabadan vazgeç! Derhal söndürüveriyorsam eğer ateşini, tutuşturmanın ne manası var?"

Aydınlık ruhun gözleri giderek daha güçlü bir coşkunluk ateşiyle yanıyormuş. Sanki ruh baştan ayağa yanıyormuş. Parmaklarının arasından kıvılcımlar saçılıyormuş. Omuzlarının her bir hareketiyle bu kıvılcımlar dört yana dağılıyor ve ilkin onlarca, sonra da yüzlerce küçük ateşler yakıyorlarmış.

Karanlık ruh kasırga gibi dönüp duruyormuş. Öfkeyle kükrüyormuş. Sadece ateşi söndürecekmiş gibi değil, yanan meşaleyi de paramparça edecekmiş gibi üflüyormuş. Kötülüğün doruğundaymış, aydınlık her şeyi yok etmek için büyük bir arzu hissediyormuş. Uluyormuş:

"*Işığa ölüm! Ateşe ölüm! Yıldızları da, Ay'ı da, Güneş'i de söndüreceğim! Yeryüzü, bütün kâinat benim karanlık hükümdarlığım olacak! Çekil yolumdan, aptal kundakçı! Boşuna harcama zamanını ve gücünü!*"

Aydınlık ruh ise altı yüzüncü, yedi yüzüncü defa, yeniden ve yeniden tutuşturuyormuş meşaleyi. Ve bininci defa tutuşturduktan sonra düşmanına haykırmış:

"Sen, karanlık; sen, ölüm; sen, yıkıcı! Senin görevin ve mutluluğun, hayatın ve iyiliğin ateşini söndürmek – peki, söndür bakalım!... **Söndür, söndürücü!...** Bense, hayatı omuzlayanım, onun yaratıcısıyım. Ben, **ışığım**; ben, **ateşim**; ben, **hakikatim**; ben, **bahtiyarlığım**. Ben, hayat ekiyorum. Aydınlık ateşler yakıyorum. Seninle bugün başlamadı kavgamız, karanlık ruh! Ve bugün bitmeyecek! Karanlık işine devam et sen: ateşi söndür, hayat meşalesini parçala! Ama ben ve dostlarım, biz gerçekleştireceğiz, bu aydınlık davamızı."

Ve yeni bir güçle vurmuş göğsüne aydınlık ruh. Sanki yeryüzü nefesini tuttu. Çok uzaklardaki dağlar yankılanmış ve kulakları sağır eden bahar yağmuru müjdecisi onlarca gök gürültüsünün sesi duyulmuş.

Kıvılcım değil de, binlerce şimşek saçılmış aydınlık ruhun göğsünden, gözlerinden, ağzından, ileri uzattığı ellerinden, saçının her bir telinden... ve bir anda, etrafındaki her şey tutuşmuş, yanmaya başlamış.

Karanlık ruh öyle derin bir nefes almış ki, sanki bütün havayı içine çekecekmiş de üfleyip yeryüzünden silecekmiş aydınlık ruhu. Kıpkırmızı olmuş yüzü. Demirci körüğü gibi üf-

lemiş sonra ve... güçsüz bir kötülükle, yere düşmüş. Daha fazla üfleyemiyormuş. Gücü kalmamış. Yalnız, şöyle fısıldıyormuş:

"Haklısın; bu kavgamız ebedi. Gene karşılaşacağız seninle."

Aydınlık ruhun ateşi yanıyormuş. Gökyüzü kızarıyor, kızarıyormuş. İlkin alev kırmızısı olmuş her yer, sonra parlak altın sarısı. Ve bulutsuz gökyüzünde güneş yükselmiş.

* * *

"Bu efsanenin fikri şu ki," diye bitiriyordu L. MacDonald sözlerini, "Hayatı kurmaya kalkan herkes, sık sık, karanlık, yıkıcı güçlerle mücadele içinde zorluklarla karşılaşır ne yazık ki."

Lukka MacDonald, İncil'den, Yahudilerin Babil'deki esaretinden sonra Kudüs'ün ve Kudüs tapınağının inşası hikâyesini de anlatıyordu.(1)

Yahudiler, düşman karşısında korkunç yenilgilerinden sonra yurtlarına döndüler ve başkentlerini ve tapınaklarını yıkıntılar içinde buldular. İnşa etmek gerekiyordu bunları, ama etrafları düşmanlarla sarılıydı. Düşmanlar çalışmalarına engel oluyor, öyle bir saldırıyorlardı ki, Yahudiler bir araya gelemiyorlardı. Bunun üzerine ellerinde kürekler ve balyozlarla, sırtlarında da mızraklar ve yay kirişleriyle çalışmaya koyuldular. Eğer biri çıkıp da saldıracak, çalışmalarına engel olacak olursa, o vakit küreğin yerine mızrağa sarılıyor ve düşmanlarını kovalıyorlardı.

"O zaman da, bugün de, böyle ortak bir ruh haliyle nadiren karşılaşılır," diye yazıyordu L. MacDonald:

---

(1) Eski Ahid, Nehemya, 3-4. bölümler.

"Bütün iyi ve büyük sosyal davalara, ulusal davalara, ister siyasi, ister yayıncılık, ister hayır işi olsun bunlar, genelde rezil, vicdansız ve arsız, yeteneksiz ucuz kariyeristler, açgözlü yırtıcı asalaklar bulaşır. Bunlar siyaset sayesinde, ulusun hayatın yeniden inşa edilmesi sayesinde spekülasyonlar yaparlar, onursuz zenginliklere ve yüksek mevkilere kavuşurlar. Bunlar için kilise, okul, devlet hizmeti, ücretli **aylaklık** yerleridir. Bunlar, ne hayatın kurucuları, ne ulusun iyi niyetli hizmetkârlarıdırlar; sadece tembel, devlet memuru eşekarılarıdırlar.

Bunlar, muhtelif kamu ve kültür kurumlarında kendi ucuz kariyer tutkularına tatmin ararlar. Muteber unvanlara sahip olurlar, bunlarla birlikte onursuz kazançlara da; ama çalışmak da istemezler. Daha kötüsü: Hiçbir menfaat gütmeden ve gönüllü olarak toplumun ve ulusun yararına çalışmak isteyenlerin tekerine de çomak sokarlar. İdeallerinin peşindeki insanlara karşı entrikalara girişirler. Onlara kara çalarlar. Bunların "popüler olmak istediklerini" söylerler.

"Ama yaptıkları kötülüklerin devamı da vardır. Bu haysiyetsiz ve yırtıcı asalaklar, ulusu soyup soğana çevirenler, hayatı yıkanlar, genellikle daha büyük kötülükler de yaparlar. Kimi zaman kurnazlık ve yalanla, kimi zaman rüşvet ya da tehditle, kimi zaman sahtekârlıklarla zehirlerler toplumun vicdanını, gençliğin ideallerini ve idealizmini söndürürler. Etraflarına manevi bir karanlık ekerler. Kötülüğü daha geniş alana yayarlar. İnsanların acılarını ve ıstıraplarını büyütürler."

"Bütün bunlar özünde karanlığın gönüllü ve genellikle de canhıraş hizmetkârlarıdır," diye yazıyordu L. MacDonald:

"Bütün hepsi de soğuk sinikler, kalpsiz, vicdansız ve arsız insanlardır. Bunlar hayatın aydınlık ateşini söndürenlerdir. Bunlarla sert biçimde mücadele etmek gerekir. Tartışmak, genellikle kolay değildir. Bunların kendilerince, şeytani, dıştan bakıldığında ikna edici bir mantıkları vardır.

Ve kendilerince, dıştan bakıldığında gözalıcı görünen bir psikolojileri de vardır. Felsefeleri: yalan, bencillik ve şiddet felsefesidir. Lastik gibi gergin bir ahlakları da vardır. Hatta dilerseniz kendilerince bir dinleri de vardır: rüşvet ve dehşet dini.

Bunlarla mücadele eğlenceli, kolay bir iş değildir. Hafif ve rahatlatıcı bir spor değildir. Alev alev bir canlılık, geri adım atmaz bir dik başlılık, bükülmez bir irade, kendi idealine sarsılmaz bir inanç gerektirir.

"Senin işin, karanlık ruh, söndürmek!" diyordu aydınlık ruh, düşmanına. "Söndür öyleyse! Ama ben hayatın ateşini omuzluyorum: düşüncenin ateşini, vicdanın ateşini, iyiliğin ateşini. Tutuşturuyorum. Yanıyorum ve sönmüyorum."

"Siz de söndürmeyin, hayatın kurucuları!" diye yazıyordu L. MacDonald:

"Kendiniz yanın ve başkalarını da tutuşturun! Nerede yapıyor olursanız olun bu inşa faaliyetini: ister köyde, ister şehirde, ister parlamentoda, ister orduda, ister kilisede, ister eğitim bakanlığında, isterse de başka yerde, her zaman ve her yerde yanın. Yalnızca bir anlığına alevlenmekle yetinmeyin: günlerce, haftalarca, aylarca yanın. **Yanın!** Yanın ve tutuşturun.

Engeller çıkacak, talihsizlikler olacak, düşmanlarınızın, davanızın düşmanlarının galebe çaldığı anlar olacak – ama siz sönmeyin! Ruhunuzu onlara vermeyin! Asla elinizi uzatmayın!

Talihsizliklerden, engellerle karşılaşmaktan söz etmeyin. "Denedik, başladık, mücadeleye giriştik, ama kimse **destek** vermedi. Her adımımızda engel ve düşmanlıklar gördük." Böyle konuşmayın. Karanlığın ruhu söndürür, siz tutuşturursunuz! Bir defa söndürdüyse, siz tekrar tutuşturursunuz... Sonra üçüncü, beşinci, yedinci, yüzüncü, bininci defa..."

"Tutuşturmaktan yorulmayın!" diye bitiriyordu L. MacDonald, heyecan içinde:

"Kendiniz yanın ve başkalarını tutuşturun, ta ki etrafınız aydınlık oluncaya değin. Bu yolda çabuk başarılar beklemeyin. Sizi cesaretlendireceklerine, sizin kaygılarınızı paylaşacaklarına alay edebilirler. İtibar ve şöhret yerine karaçalma ve nefret olabilir. Yardım yerine gizli entrikalar ve hatta size karşı açık mücadeleler olabilir. Onlarca, yüzlerce, binlerce gücü karanlığın sizin aydınlık davanızı söndürecektir – ama siz yanın! Yanın ve tutuşturun!"

* * *

L. MacDonald'ın kitabı hakkında, "Bir Doktorun Notları" hakkından yazılanlardan daha çok şey söylendi ve yazıldı. MacDonald'ın kitabı bütün halkın hem aklını, hem vicdanını sızlatmıştı.

Bu kitap, herkese şöyle soruyordu:

"Kimsiniz siz: hayatın sanatçıları, kurucuları mı? Yoksa gübrede gezinen sersem ve karnı tok solucanlar mı? Yoksa vahşi yırtıcılar ve yıkıcılar mı?"

Çokları öfkeye kapılıyordu. MacDonald'a ve onun kitabına karşı hınçla doluyorlardı. Bütün bunları MacDonald kendi uydurmuş gibi geliyordu onlara. Bu kitabın yalan olduğunu düşünüyorlardı. Onlar için rezaletin daniskasıydı bu. Ve böylece kitabı "söndürmeye", ona tükürmeye çalışıyorlardı. Alçakça kara çalıyorlardı.

Şöyle yazıyor ve konuşuyorlardı:

"Bizim Fin ulusumuza edilmiş bir iftiradır bu. MacDonald İsveçli, ayrıca da bir aristokrat, konttur. Biz Finlileri aşağılıyor. Finlilerle ilgili yazmaya hakkı yoktur."

Bu, karanlık güçlerin sesiydi: siyasi spekülatörlerin, her türden asalakların, okullardaki, devlet dairelerindeki ve kiliselerdeki ruhsuzların ve ezbercilerin, sözleri ve makaleleriydi.

Buna karşılık canlı bir ruha sahip olan insanlar, MacDonald'ın kitabının sıcaklığı ve aydınlığı üzerine yazıp konuşuyorlardı. Şöyle yazıyor ve konuşuyorlardı:

"L. MacDonald bir Finli değil de İsveçliyse ne olmuş! Bizim Finlandiya'mız vatanı oldu onun; yeteneğini, emeğini, alev alev yanan ruhunun ateşini bizim Fin ulusumuza verdi o. Biz Finlilerin manen uykuda olmamız, bizim Finli yazarlarımızdan hiç kimsenin Fin ulusunun manevi kış uykusuyla ilgili yazmamış olması onun suçu değil ki!"

Başkaları da şöyle ekliyorlardı:

"Eskiden, Finliler İsveç'in egemenliği altındalarken, onların biz Finlileri bilhassa manevi bir uykuda tuttuklarından şikâyet ediyorduk. Şimdiyse asil bir İsveçli, belki de Finlilerin İsveçliler tarafından ezilmiş olmasından dolayı duyduğu utancın acısıyla, yüksek sesle şöyle haykırıyor bize: Uyanın! Aklınızın ve vicdanınızın ateşini yakın! Fin ulusu, henüz üzerindeki çamurdan temizlenmemiş sanatçı bir ustanın elinde şekil verilmemiş, paha biçilmez bir elmastır."

Karanlık kuvvetler, bu güneş gibi aydınlık, dindar kitabı söndürmek için üflüyorlar. Onun kıvılcımlarını ve ışığını boğmak istiyorlardı.

Gençlik (üniversite ve lise öğrencileri), ilkokul öğretmenleri, köy rahipleri, okuma yazma bilen köylüler ve işçiler, devlet memurları ve tüccarlar satın alıyorlardı L. MacDonald'ın kitabını, akşamları toplanıyorlardı, yüksek sesle okuyorlardı onu. Bir roman gibi aralıksız okumuyorlardı yalnız. Bölüm bölüm okuyorlardı, bölümleri de bölerek okuyorlardı ve sonra uzun, ateşli tartışmalara girişiyorlardı aralarında.

Bu kitap, Suomi'nin bütün köşelerindeki binlerce en iyi insanın fikirlerini uyandırıyordu. Hayatı kurmaya çağrılan insanların vicdanını uyandırıyordu. Binlerce ve binlerce yiğitlik, örnek eylemler doğuruyordu ve bunları canlı bir faaliyete çeviriyordu. Fin ulusuna sayısız yetenekli, enerjik, kendini adamış, ideal sahibi hayat kurucuları veriyordu.

L. MacDonald'ın memleketinde, atalarının mülkünün sınırında, denize dimdik inen bir yar başında, kayalıklara bakan yerde, bu kitabın yazarı anısına bir anıt dikili şimdi. Uçurumun en köşesinde, granitten çok güzel bir kule var. Kulenin tepesinde, parlak bir yağ lambası yanıyor. Kulenin adı: MacDonald Denizfeneri.

Ama rahip L. MacDonald'a adanmış en iyi anıtlar, tıpkı öğretmen Snellman'a adanmış olanlar gibi, tüccarlar: Järvinen, Tomas Gulbe, Ukkonen; ve yeni Finlandiya, nüfusça az ve küçük, ama medeniyet ruhu olarak yüce ve güçlü bir ulus.

Kamu işlerine ayrılan büyük binaların planları yapılırken, muhtelif "stiller" gözetilir: Rönesans stili, rokoko stili, grekoromen stili, Bizans stili, gotik stil, vb.

Yeni, birleşik Yugoslavya devletinin ulusal ve devlet hayatı inşa edilirken de iyi düşünülmüş ve emek harcanmış muhtelif planları, ulus kitlelerini eğitmenin ve ülkenin kültürel gelişiminin muhtelif "stillerini" incelemek, zaruridir.

Burada bir ulusun hayatının kültürel inşasında "Fin stili" ile hiç değilse genel bir tanışıklığın, işe yarar olacağını düşünüyorum. Elinden bir şeyler gelen biz hepimiz, büyük **Slav** akıl ve ruh gücümüzle, zihinsel tazeliğimiz ve yüreğimizin hassasiyetiyle, elimizden geleni vereceğiz, bu paha biçilmez ve asil ama henüz ham malzemeye!

Kendimizde ve ulus kitlelerinde, çalışmaya, irade disiplinine her tür özeni gösterecek ve bunun için şevkle çalışacağız. Slav safahatimize, ekonomi ve zamanın ve güçlerin ve kaynakların düzgün bir şekilde kullanılmamasına, israfına karşı mücadele edeceğiz.

Az gelişmişliklerimizi, insanlara, doğaya, kâinatta aydınlık ve güzel olan her şeye yönelik şu büyük Slav sevgimizin gizli kalmış rezervlerini işleyecek, geliştireceğiz.

Eski Yunan, Ellada, sadece mermer yataklarınca da zengindi. Ellada devasa bir heykelcilik geliştirdi. Dâhi heykeltıraşlar yetiştirdi.

Doğa, biz Slavlara da büyük bir ruh gücü vermiş: ve akıl, ve sanatsal yetenekler, ve büyük bir yürek, ve tertemiz bir vicdan. Bu yüzden, hayatın sanatçıları, inşacıları, büyük Slav kültürünün yaratıcıları olabiliriz ve olmak zorundayız.

G. Petrov
Pançevo, 28 Aralık 1923

Yalnız birkaç entellektüel hiçbir kaynağı olmayan bir toplumu manevi değerler, milliyetçilik, din, ve azim ile muasır medeniyet olma yoluna sokabilir mi? Olağan dışı, ütopik.

13/05/2020

Ali